執着弁護士の制御不能な極甘溺愛

一

ワーキングウーマンは、体が資本である。

そのため健康に気を遣う私のモットーは、早寝早起き。そして、バランスの取れた食生活。

毎日体に必要なサプリを飲んでいるし、定期受診も欠かさない。そのおかげか、毎年会社で行われる集団健康診断で引っかかったことはなかった。

それなのに、毎月やってくる女性特有のアレの前になると、どうしてこんなに具合が悪くなるのだろう。

——だ……だる……

鷹羽《たかば》朋英《ともえ》、社会人六年目の二十八歳。

現在私は、大いに苦しんでいた。

頭がぼーっとするし、下腹部には常に鈍い痛みが走っている。さっき弱めの鎮痛剤を飲んだけど、なかなか効いてくれず、痛みに変化はない。

——もう少し効き目の強いヤツを飲めばよかった……

自分自身の選択の過ちにがくりと肩を落とす。

できることならこのまま会社を休みたい。今日は一日布団に包《くる》まり、温かいお茶を飲んで過ごしたかった。だけど有休はなるべく使いたくないし、仕事を溜めて、翌日以降の自分が大変になるのも避けたい……

肩を落としながらバッグを手にし、だらだらとアパートを出た。

月に一度、いつも同じようなことで悩む。でも結局、休まずに仕事へ向かうのがお決まりのパターンだ。

どうにか痛みと怠《だる》さを誤魔化しながら最寄り駅まで辿《たど》り着いた。

ホームに立って、ぼーっと向かいのホームの電車を眺める。

――あの件確認して、先方に連絡しなくちゃ……あと、新入社員に提出をお願いした書類、締切今日だったなあ……皆忘れてないよね？　確かまだ出してない人がいたはず……

今日会社でやるべきことを頭に思い浮かべているうちに、だんだん血の気が引いてきた。それと同時に胃の辺りから朝食べたものが込み上げてきて、ウッ、となる。

――貧血かな……これ、まずいな……どこかに寄りかかった方がいいかも……

急いで近くにあった鉄柱に寄りかかる。そのまま少し休み、なんとか吐き気が落ち着いてくれないかと願うも、なかなか吐き気は治まってくれない。

まずいと思いながら、込み上げてくるものを呑み込んで呼吸を整える。しかし、更にえずきそうになってしまい、咄嗟《とっさ》に口を手で覆った。

——だめだこれ。……こんなんじゃ電車なんか乗れない……

乗る予定だった電車を見送り、駅構内にあるトイレに向かおうとした時だった。

「顔、真っ青ですよ。大丈夫ですか？」

口を押さえながら声のした方を見る。声をかけてきたのはスーツ姿の若い男性だった。水色のシャツと印象的な淡い黄色のネクタイが視界に入る。

——レモンイエロー……

見た瞬間、爽《さわ》やかサラリーマンだと思った。

でも、今の私に、その爽《さわ》やかサラリーマンと和《なご》やかに話す余裕は全くなかった。

込み上げてきたものが、今にも口から出てしまいそうなこの状況では、申し訳ないが男性をスルーすることしかできなかった。

「……っ、ご、ごめんなさい……は、吐きそうで……」

言うだけ言って、男性を振り切ってトイレに向かおうとした。でも、なぜか男性が近づく気配がする。

「これ使って」

にゅっと目の前に出されたのは、大判のハンカチ。咄嗟《とっさ》に手で要らないと断ったけれど、男性は退かなかった。

「あげるから。それと、よかったら腕に掴まって。ふらついてるから危ない」

男性に言われるまで、自分が今どう歩いているかなんて気にしていなかった。

大丈夫です、と言いたかったが、今はそれすら口にする余裕がない。

もうなんでもいいやという心境で、目の前にあるハンカチを受け取り口に当てた。そして反対の手で隣に立つ男性の腕に掴まる。

今はとにかく早くトイレに行きたい。そのことしか頭になかった。

「そこ段差ありますよ。気を付けて」

強い力で体を支えられながら、どうにか女子トイレに到達したのは覚えている。でも、そこから先の記憶は曖昧《あいまい》で、しばらくトイレでぐったりしていた。

どうにか貧血と吐き気が落ち着き、よろよろと女子トイレを出る。多分二十分くらいはトイレに籠《こも》っていたと思う。

「大丈夫ですか」

トイレを出たところで声をかけられて、ハッとそちらを見る。すると、さっきハンカチをくれてここまで連れてきてくれた男性がいた。

てっきりもういないと思っていたのに、待っていてくれたなんて。

「あ……!!　大丈夫です。あの……先ほどは、あ、ありがとうございました。助かりました……」

お礼を言えたことにホッとした。でもすぐに自分の醜態《しゅうたい》を思い出してしまい、恥ずかしくなった。

穴があったら入りたいけど、改めてきちんとお礼を言わないといけない。

勇気を出して顔を上げ、目の前にいる男性と視線を合わせた。……のだが、あまりにも綺麗な顔をしているのでびっくりを通り越して真顔になってしまう。

——え、ちょ、何。この人、めちゃくちゃ顔が綺麗なんですけど……！

「あ、本当だ。さっきよりも顔色がちょっと良くなってますね。といってもまだ青いというか白いけど」

そう言って頬を緩ませた男性は、百六十七センチある私よりも目線が上だ。多分、百八十センチはあると思う。

目を引くのはその高身長ぶりだけではない。モデルのような小顔の中に、綺麗なアーモンドアイと整った鼻梁《びりょう》。顔の大きさと全身のバランスも絶妙だ。手足も長い。

普段会社で接している男性とはまるで違う、ちょっと色気のあるイケメンだった。

——うわ、こんな人が私を気にかけてくれたなんて……そんな奇跡みたいなことが人生で起こるとは……

生きてるとたまにはいいことがあるなあ、と感動するが、今はそれどころじゃない。未だ目の前にいる男性が、立ち去る気配がないからだ。

男性は顎《あご》に手を当て、神妙な顔で私を覗き込んでくる。

「んー……でも、まだやっぱり顔色がいいとは言えないですよ。念のため、受診してはいかがです？」

受診と言われて内心焦る。今から受診となると、ここから少し離れた場所にあるかかりつけ医に行かねばならない。

会社に向かうことしか考えていなかった私にとって、完全に想定外だ。

「えっ……でも、仕事に行かないといけないですし……」

咄嗟《とっさ》にそう口にしたら、男性の表情が曇った。

「そんな顔色で電車に乗ってまた具合が悪くなったらどうするんです？　体調が思わしくないなら、無理をするべきではないですよ」

「……うっ……」

思いっきり正論を告げられ、何も言い返せなかった。

黙り込んだ私を見て、男性がふっ、と微笑む。

「仕事熱心なのはいいことですけどね。でも、今日は休んでおきましょう。ね？」

「はい……わかりました……」

優しい笑顔なのに、なぜか圧を感じる。ここは大人しく従った方がよさそうだ。

「いろいろとありがとうございました。では……」

お世話になったことに感謝しつつ、男性にお礼を言って歩き出そうとする。しかし、なぜか男性が一緒に歩き出したので、頭の中にクエスチョンマークが浮かんだ。

――なんで、こっち？　さっき駅のホームにいたよね、この人……

電車に乗る予定じゃなかったの⁇　という気持ちで男性を見上げる。その視線に気が付いたのか、男性が私を見た。

「心配なのでクリニックまで付き添いますよ。タクシーで行きましょう」

再度予想外の申し出に、思わず叫んだ。

「ええっ⁉　いいですよ、一人で行けますから！」

「そう言われても、私も見届けないと気になるので」

「でも、あの……通勤の途中ですよね？　早く行かないと仕事に間に合わなくなるのでは？」

もしや仕事のことを忘れているのではあるまいか。しかし男性は、なぜか「ああ」と微笑んだ。

「たまたまですが、今日の午前中は時間に融通《ゆうずう》が利くので大丈夫です。ご自分が大変な時に私の心配までしてくれてありがとうございます」

「え、いや、そういうわけじゃ……」

「で、どちらの病院に行きますか？　かかりつけ医院はありますか？」

――この人、はっきり言わないと通じないのかも。

「……あの、助けていただいてこんなことを言うのは心苦しいのですが、初対面の方にそこまでしていただく理由がないというか……」

恐る恐る男性を窺うと、なぜか胸ポケットに手を突っ込んで何かを取り出そうとしていた。

「あー……そうでした。自己紹介がまでしたね。確かに、正体不明の男についてこられるとか、怖いですよね。大変失礼いたしました」

いや、そうじゃない。どっちかっていうと一人になりたいんだけど。

喉まで出かかったけど、男性が名刺を渡してきたので意識がそっちに向いた。

「申し遅れました。私、宇津野《うつの》といいます」

丁寧に両手で差し出された名刺を両手で受け取り、その紙面に視線を落とす。

宇津野基紀《もとき》。彼の名前を確認した私の目が、その肩書に釘付けになった。

【赤塚《あかつか》・飯田《いいだ》弁護士事務所　弁護士　宇津野基紀】

——……え？　弁護士……？

驚きすぎてしばらく名刺から目が離せなかった。

しかし、ほんのり続いている頭痛に顔を歪《ゆが》める。吐き気はだいぶ治まったけど、まだ体調がよくなったわけではない。

そんな私に気が付いたのか、宇津野さんが「大丈夫ですか」と訊《たず》ねてくる。

「やっぱりまだ具合が悪いのでは？　近くに紹介できる女性専用クリニックがあるので、そこに行きませんか。徒歩で行ける距離ですし」

「え。女性専用クリニックを紹介できるって、どういう……？」

私が興味を示すと、宇津野さんがにっこりする。

「姉が院長をやってるんです。開業したばかりのクリニックなんですけど」

開業したばかりの女性専用クリニック。姉が院長ということは女医さん。

この二つのワードで思い出した。

——そうだ。この前近所にいいクリニックがないか探してる時、駅の側に開業予定の女性専用クリニックがあったっけ。あれか!!

実は、ずっと近所で女医さんがやっているクリニックを探していたのだ。もちろんかかりつけのお医者さんとも相性はいいので、風邪などの不調ならそちらで問題ない。しかし、月のものに関することや女性特有の疾患に関しては、やっぱり女医さんの方が話しやすい。しかもクリニック自体が女性専用なら言うことなしだ。

これは渡りに船。是非是非、紹介していただきたい。

「あ、でも、かかりつけ医の方がいいならもちろんそっちに……」

「いえ!! 是非そちらのクリニックを紹介していただきたいです! お姉様が院長ということは、女医さんってことですよね?」

「もちろん。じゃあ……すぐそこなんで、行きましょうか」

「よ、よろしくお願いします……!」

会ったばかりの人の厚意に甘えるなんて、普段なら絶対にしない。でも、今は体調不良もあり、そんなことは言ってられなかった。背に腹は代えられないのだ。

私は歩きながら会社に電話し、体調が悪いので休むという連絡を手短に済ませた。

「はい、はい。では、よろしくお願いいたします。失礼いたします……」

会社への連絡を終え、一息つく。

「たかばさん、っていうんですね？」

私を見て宇津野さんが微笑んだ。名前は、今の電話の会話を聞いていたのだろう。

「すみません、名乗るのが遅くなりました。鷹羽朋英といいます。このたびは親切にしてくださりありがとうございました。……私も名刺を……」

さっき名刺をいただいた時に渡せばよかったと、慌ててバッグの中にあったカードケースから名刺を取り出し、宇津野さんに渡した。

彼は長い指で持った名刺を、まじまじと見つめている。

「鷹羽朋英さんか。自動車関係にお勤めなんですね。ここのメーカーの車、私、好きですよ」

「ありがとうございます……私は経理事務をしているんです。……あの、もしお車の購入をご希望される時は、支店を指定していただければそちらの営業担当者を紹介することができますので、お車に関するご相談や、新車をご希望の際は是非……」

「ありがとうございます。その時はお声がけしますね」

こんな状況なのについつい営業活動をしてしまった。

——長年今の仕事をしているとつい……もう体に染みついちゃってるのよね……

車を購入する人が減っている昨今、うちのメーカーの車が好きだなんて言われたら、この縁を逃してはいけないような気がしてしまうのだ。

でも、私の急な営業活動にも宇津野さんは怯《ひる》まなかった。嫌な顔もしないで話を聞いてくれた。それだけでこの人に対する好感度がぐんとアップしてしまう。いや、もちろん駅で声をかけてくれた時点でかなり好感度は高いのだけれど。

「あ、ここです、姉のクリニック」

宇津野さんが立ち止まり、建物に向かって指を差す。その方向に顔を向けると、真新しい淡いピンク色のクリニックの看板があった。

駅から徒歩五分もかからない場所にあるテナントビルの二階だ。

女性が好みそうな柔らかいイメージのロゴデザインは、入る前から安心感を与えてくれる。そんなことを思いつつ、宇津野さんのあとに続いた。

クリニックに入り、専用のスリッパに履き替える。開業したばかりなこともあり、待合室にいる患者さんは二、三人いる程度。女性専用のクリニックだけど男性の付き添いはＯＫということで、年配の女性に付き添っている男性もいた。

宇津野さんが受付の女性スタッフに声をかけると、女性が「おはようございます！」と笑顔で対応してくれた。反応からして、スタッフとは顔見知りのようだ。

宇津野さんが初診の患者さんをお連れしました、と説明したら、すぐに問診票を持ったスタッフが私のところに来てくれた。検温し血圧を測ったあと問診票に今の状態を細かく記入して提出する。

それから十分ほど待合室で待機していると、最初に渡された番号札の番号を呼ばれて診察となった。

宇津野さんのおかげか、初診の手続きをしてすぐに診察してもらうことができた。

結果はというと、大満足だった。

宇津野さんのお姉さんである院長先生は、ものすごい美人だった。それにまず度肝を抜かれたのだが、肝心の診察もとても感じのいいものだった。

生理痛が酷いという相談に対し、いくつかの治療法をわかりやすく提示してくれた。話し方も穏やかで、ちゃんと私の目を見て話してくれる。一方的に先生の話を聞くのではなく、私の話もちゃんと聞いてくれて、こんなに緊張しないですむ診察は初めてだった。

「では、体調がよくなるように、これから一緒に頑張りましょうね」

「はい、よろしくお願いします……！」

――なんか……話を聞いてもらえただけですごく気持ちが楽になった……

私が待合室に戻ると、ソファーに座っていた宇津野さんが顔を上げた。

「お疲れ様。どうでした？」

「とりあえず血液検査をして、その結果を見て治療方針を決めましょうということになりました。あの……すごくよかったです。先生、とても話しやすかったですし……話を聞いてもらっただけで、少し体調がよくなった気がします」

「あ、ほんと？　よかった。そう言ってもらえると身内としても嬉しいです」

会計を済ませ、近くの薬局で吐き気を抑える薬と漢方薬をもらった。

「本当に大丈夫？　なんなら自宅までタクシーで送るけど」

「いえいえいえ!!　そんな、とんでもないです!!　もう一人でも大丈夫ですので……」

ここまででいいと言ったにもかかわらず、宇津野さんは薬局にも付き添ってくれた。

申し訳ないと思いつつも、なんとなく隣に人がいてくれるのがありがたくて、結局、彼の厚意に甘えまくってしまった。

それにしてもまだ午前十時前だというのに、今日はもうやりきった感でいっぱいである。

――濃い……一時間が濃すぎた……早く横になりたい……

内心ぐったりしながら、ずっと付き添ってくれていた宇津野さんと向き合う。

「本当に、今日は何から何までお世話になりっぱなしで……なんとお礼を言ったらいいか……ありがとうございました、助かりました」

何度も何度も頭を下げながらお礼を言う私に、宇津野さんは恐縮するように手でそれを制した。

「そんなに気にしないでください。私としては、しつこかったかなーってちょっと反省してたんです」

「え！　そんなこと思いませんよ！　本当にありがたく思ってます」

真顔で伝えたら、宇津野さんがホッと頬を緩ませ、微笑む。

「よかった！　安心しました。家庭環境のせいか、昔から具合が悪そうな人を放っておけなくて。だからつい、お節介だと思いつつ声をかけてしまったんです。驚かせてしまってすみませんでした」

「え、家庭環境って……お姉さんがお医者さんだから、ですか？」

何気なく聞き返したら、宇津野さんがにっこりする。

「うち、両親も医者なんですよ」

――なんと。

ご家族にお医者さんが三人もいるって、普通にすごくない？　でも、なるほど。親切にしてくれたのにはそういう理由があったのね。

なんていい人なんだ……と本気で感動した。

「じゃあ……私はこれで。本当にありがとうございました」

体を進行方向に向けつつ、会釈《えしゃく》して帰ろうとした。しかし、なぜか宇津野さんに「ちょっと待って」と引き留められた。

まだ何かあるのかな？　と足を止める。

「鷹羽さんの個人的な連絡先を教えてもらえないですか？」

「個人的な連絡先……ですか？」

私が戸惑ったのを察知してか、宇津野さんが慌てて小さく手を左右に振った。

「いや、変な意味じゃないんですけど……ほら、さっき新車買うなら営業担当を紹介してくれるって仰《おっしゃ》ったじゃないですか。いざその気になった時、店に電話するよりもまず鷹羽さんに連絡する方が気分的には楽かなって。この名刺にある電話番号って、本社の代表番号ですよね？」

「あ……」

自分で言ったくせに、すっかり忘れていて、ハッとする。

――私ったら……勘違いをしてしまった……恥ずかしい……

「す、すみません。あ、じゃあ、さっきの名刺に書き足しておきますね」

「こちらこそ、なんだか申し訳ない」

――まあ、相手は弁護士さんだし。悪用なんかしないだろう。

さっき渡した名刺を一度返してもらい、そこに手書きで携帯電話の番号を書き足した。それを渡すと、宇津野さんが番号を見てにこりとする。

「ありがとうございます。その後の体調が気になるので、後日連絡させてください」

「あ、はい……なんだか、いろいろとお気遣いいただいてありがとうございます」

「いえ、では、私はこれで。どうぞお大事になさってくださいね」

去っていく背中に頭を下げつつ、私は自宅アパートへの道を歩き出した。

――……いい人、だったな……

お堅いイメージのある弁護士さんなのに、なんだか偉ぶったところがないし、笑顔が多くて爽《さわ》やかだった。

いつもは体調が悪くなったあとは必ずと言っていいほどメンタルも落ちる。でも、今日は宇津野さんのおかげで、メンタルはさほど落ちていない。それどころか、いいクリニックを教えてもらって、いつもより気分がいいくらいだ。

――もし今後、本当に宇津野さんが車を買うって連絡してきたら、評判のいい営業さんを紹介してあげよう。

そんなことを考えながら、朝よりは多少軽くなった足取りでアパートに帰宅したのだった。


私の勤務先は、某国産自動車メーカーの小売店の本社だ。大学卒業と同時に新卒で採用されて以来、ずっとこの本社ビルが私の職場である。

ビルの一階は支店の一部として、最新モデルの自動車が数台並ぶショールームと、車の修理や点検、車検をするサービス工場が併設されている。同じ敷地内には系列会社の中古車販売所も並んでいて、車に関する用事は全てここで完結すると言っていいほど充実している。

とはいえ、私の所属する経理課は基本デスクワーク。一日中モニターと睨《にら》めっこしているか、電話対応をしているかだ。そしてこのフロアのメンツは、ここ数年変わっていない。

それが、ある意味私の悩みの種だったりする。

――気の重いことは先に済ませとこっと……

有給休暇を取得した翌日。出社した私は、まず直属の上司に挨拶《あいさつ》をしたあと、もう一人の人物のもとへ急いだ。

「酒井《さかい》さん、おはようございます」

デスクにいたその女性は、私の声に反応しこちらを見上げた。

「あら。今日はお休みしなくて大丈夫なの？」

酒井洋子《ようこ》さん、三十八歳。私よりも十歳年上のベテラン社員だ。そして彼女は、ある意味このフロアの裏ボスのような存在なのである。

彼女は口元に笑みを浮かべながら、目は笑っていない。酒井さんに体調のことで嫌味を言われるのは、この会社に入って以来もう何度目になるだろう。

「はい。昨日は急なお休みをいただきご迷惑をおかけしました」

「相変わらずの体調不良？　休むならもっと早く言ってもらいたかったわ。何年経っても体調管理ができないなんて、ちょっとどうかしてんじゃないの」

「すみません……出勤途中に、貧血になってしまって……」

周りが息を潜《ひそ》めて私達の会話に耳を傾けてるのが伝わってくる。

でも、酒井さんはそれには気付かずはっきりと不快感を露《あら》わにした。

「……ふん。まあ、電車の中で倒れて人に迷惑をかけるのも困りものだしね。それに、無理して出勤して具合悪くなられても困るし、いいんじゃないの。……あなた宛ての急ぎの仕事は全部そのままだから。さっさとやって」

じろりと私を一睨《にら》みすると、酒井さんは正面に体を戻してしまった。

「……はい。わかりました……」

言われたことがほぼほぼ想定の範囲内だったので、内心ホッとする。

——これだけで済んで、よかった……もっとネチネチ言われたらどうしようかと思ったわ……

自分の席に戻り、モニターにベタベタ貼られた付箋《ふせん》をチェックしていく。

【○○支店の佐藤《さとう》さんに電話】

明らかに酒井さんの筆跡だとわかる付箋《ふせん》を見ると、いつも胃が痛くなる。彼女はいつもこうだ。なんの件で電話がありました、とは書かない。ただ、電話があったことだけを付箋《ふせん》に記す。これは酒井さんの私に対する嫌がらせの一つなのだ。

こういうことばかりされていると、うちの会社ってコンプラどうなってんの？　って、いつも思う。それとなく上司に相談したけど、話は聞いてくれても、結局何かあればまた相談に乗るからって言われるだけで、一向に状況は改善されないままだ。

——まあね。いつもこんな感じだから慣れたけど……でも、毎回思うけど電話する相手に申し訳ないのよね……

ため息をつきながら件《くだん》の佐藤さんに電話をするため、受話器を持ち上げた。

私と酒井さんの関係がこじれてしまったのは、ある出来事が原因だった。

新入社員として本社経理課に配属になって間もない頃、私は酒井さんから、彼女が中心となっている女性グループの飲み会に誘われた。

『女性社員同士の親睦を深めるため、定期的に行ってる飲み会なの。是非参加してくれない？』

先輩社員からそう言われて、新入社員の私は二つ返事で、参加を了承した。しかし、たまたま飲み会の前日辺りから体調を崩してしまった私は、結局その集まりに参加することができなかった。

一度くらいなら、酒井さんもこれほど機嫌を損ねることはなかっただろう。けれど、その次の集まりも、私は体調不良で参加することができなかった。

それが、酒井さんの機嫌を思い切り損ねてしまったのだ。

彼女の言い分はこうだ。

『……部長主催の飲み会には参加したのに、私が主催する飲み会には参加できないっていうのね？しかも毎回ドタキャンってどういうこと？　バカにしてんの？』

そんなことは決してなく、本当にたまたま生理の時期と飲み会が重なってしまっただけなのだ。だけど、そんな弁明をさせてもらえる機会は全く与えられないまま今に至る……

その時から、酒井さんは私に対して辛辣《しんらつ》な態度で接してくるようになった。本気で酒井さんと仲よくしたければ、強引に説明することで誤解は解けたかもしれない。でも、彼女の主催する飲み会に参加するのは、彼女と年の近い女性がほとんどなのだ。いつも昼休みに集まって大きな声でランチ会をしている彼女達は、他の人を寄せつけない独特のオーラを放っており、当時新入社員だった私がその輪の中に入っていけるはずもない。というより、結束が固そうな彼女達の中に好んで入りたいとは思えなかった。

結局私は、酒井さんの主催する飲み会に参加しないまま今日まできてしまったのだ。

――酒井さんがいない時は平和だったなー。

彼女は途中、産休育休を取っていて、今年の春に復帰して現在は時短勤務だ。

酒井さんのグループの女性達は単独だとそれほど嫌な人はいない。話しかければ普通に返してくれる。だけど、集まってしまうと、途端に近寄りがたい人種にカテゴライズされてしまうのだ。

とはいえ、もう六年もこの状態でいると、酒井さんのことを除けば他に不満もないため、なかなか転職には踏み切れないのである。

――自分に与えられた仕事をきっちりやれば、毎月ちゃんとお給料がもらえるんだもの。簡単には辞められないよ。

仕事にも慣れたし、酒井さん以外の社員との関係はまずまず良好。六年かけて培《つちか》った今の関係を、彼女のせいで手放すのはやっぱり惜しいと思ってしまうのだ。

少々居心地の悪さを感じながらも、私はこの会社で働く日々を送っているのだった。

残業なんかしたら絶対に酒井さんに文句を言われそうだったので、死に物狂いで溜まっていた仕事を時間内に片付けた。

――酒井さんは四時で上がるけど、お仲間が見てると思うと気が抜けないわ……

きっちり五時で仕事を終え、会社をあとにする。一階の支店でサービスフロントをしている女性と出くわしたので、最寄り駅まで話しながら一緒に帰った。

――各支店のサービスフロントさんとは仲がいいんだよね……いっそ、どこかの支店に異動願いでも出そうかなあ……

酒井さんとのストレスフルな生活がなくなったら、毎月の体調不良も改善しそうだ……と考えていたら、バッグの中でスマホが震えた。

「ん？　なんだろ」

画面には、見たことのない番号が表示されている。

――この番号は……なんだっけ？　どこかの業者さん？　でも、直接連絡がくるような案件は何もないはずだけど……

でも、万が一という可能性もある。私は応答をタップしてスマホを耳に当てた。

「も、もしもし……」

『宇津野です。鷹羽さんですか？』

スマホから聞こえてきた明るい男性の声に、真っ正面を見たまま歩みを止めた。

――う……宇津野さん!?　昨日の今日で、どうして電話がかかってくるの？

「は、はい。鷹羽ですが……あの、昨日はありがとうございました」

『いえ、たいしたことはしてませんから。それより体調はどうですか？』

「おかげ様で、今日は出勤して、今、定時で仕事を終えたところです」

状況を説明したら、スマホから聞こえる声のトーンが少し上がった。

『よかった……いや、ご迷惑かもしれないとは思ったのですが、あんな場面に遭遇したこともあって心配になってしまいまして。でも、一日仕事ができるまで回復しているのなら安心ですね』

「わざわざすみません。もう大丈夫です」

そこまで話して、ふと彼に借りたハンカチのことを思い出した。

――ハンカチは洗ってアイロンをかけてある。くれるって言われたけど、やっぱり返した方がいいんじゃないのかな……？

「あ、あの！」

『はい、なんでしょう』

「お借りしたハンカチなんですけど！　やっぱりお返しします。助けていただいた上にハンカチまでいただくのは申し訳ないので……」

すると、スマホの向こうで、フッと宇津野さんが笑った気配がした。

『鷹羽さんは、真面目な方なんですね』

「え？」

『緊急事態だったたし、気にすることなんてないのに。私が手渡した瞬間、あのハンカチはあなたのものになったんですよ』

笑いまじりの宇津野さんに、どう返すか悩んだ。

「や、で、でも……なんだか高そうなハンカチだったので……」

『そんなことはないですよ。でも、鷹羽さんが気にされるようなら、ハンカチは引き取りましょうか』

相変わらずクスクス笑っている宇津野さんからは、気分を害している感じは一切ない。むしろ、楽しんでいるような気がする。

「どのようにしてお返しすればいいですか？　あ、名刺にある事務所に送ればいいですか」

これなら相手を煩《わずら》わせることもないし、最良の方法だと思った。

しかし。

『いえ、鷹羽さんがまだ持っていてください。できれば直接お目にかかりたいので』

「え？　それはどういう……」

『日程を調整して、またご連絡します』

「え、あの……ちょっと」

『今、帰宅途中なんですよね？　お電話して足を止めさせてしまい、申し訳ありませんでした。気を付けてお帰りくださいね』

「ありがとうございます……」

『では』

静かなトーンで締めくくって、宇津野さんが通話を切った。

スマホをバッグの中にしまいながら、軽く首を傾げる。

——できれば直接お目にかかりたいので——って、なんで……？

言い方は柔らかかったけど、押し切られてしまった。

疑問に思っているうちに、宇津野さんが医者一家の出身だということを思い出す。

——もしかして、めちゃくちゃ心配されてるのかな……

だとしたら本気で申し訳ない。ハンカチを返すだけでなく、菓子折の一つでも用意した方がいいのだろうか。

世の中には、本当に親切な人がいるんだなあ。彼みたいな弁護士さんなら、安心して仕事を任せられるに違いない……と、しみじみ思いながら帰路についた。

真っ直ぐ帰宅した私は着替えて、財布やスマホなどの必需品を仕事とは別のバッグに入れ替え、再び外に出た。向かったのは、マイカーを停めている近所の駐車場だ。

そもそも車の会社に就職したのも車が好きだからだった。そんな私のマイカーは排気量二リッターのＳＵＶである。

今住んでいるアパートはかなり古く、築年数が三十年は経過している。でも、大家さん所有の駐車場があるという条件に惹かれ、ここを選んだ。

正直に言うと、今の給料で車の維持費を捻出《ねんしゅつ》するのはなかなかキツい。日々の節約はもちろんだが、会社の社員特権を最大級に活かして、車を購入したり、車検を受けたり、タイヤを買ったりして、どうにか維持しているのである。

——ぶっちゃけこのために、酒井さんが嫌でも今の仕事を辞めたくないという……

地方にある実家にも電車でなくマイカーで帰省する。そのたびに両親から、「車に乗りたいならこっちに帰ってくればいいのに」と言われ、毎度お決まりのように「そのうち帰るから今は自由にさせて」と誤魔化している。

実家がある地方は田舎《いなか》で、生活に車は必需品だ。そんな環境で育ち、車好きの父の影響を受けた私は、車のない生活など考えられないのである。

——それにドライブは気分転換にもなるからね。

好きなアーティストの曲を聴きながら車道を走っているだけで、気が付けば気分が上がっている。それに車の中なら歌だって歌い放題だ。カラオケに行くより手軽で、手っ取り早い。

今日も、駐車場のある大型スーパーに食料品を買いに行く途中、ずっと歌を口ずさんでいた。

でもなぜか、今日に限って頭の片隅にあるのは、アーティストではない別の人だった。

——宇津野さんって……どういう人なんだろう？　なんか気になる。

弁護士というお堅い仕事をしている人なのに、常に笑顔で話しやすい。うっかり出会ったばかりだということを忘れて気軽に話し続けてしまいそうになる。

それに、駅でたまたま具合が悪いところに遭遇しただけの私を、いつまでも気にかけてくれるなんて、どんだけいい人なんだ。

もしかしたら、普段酒井さんに冷遇されている私を不憫《ふびん》に思って、神様が特別に出会わせてくれた人かもしれない。

――……だったらいいな。

そんなことを考えていたら、いつもよりもスーパーまでの道のりを短く感じた。


それから三日後。

仕事を終えて宇津野さんのお姉さんが院長を務めるクリニックを受診し、最寄り駅の薬局で薬をもらって帰路についていた時のこと。

何気なくスマホを開くと、画面に不在着信の通知が残っていた。

――宇津野さんだ。

番号をタップすると、何度かコール音が聞こえたあと、耳馴染みのいい低音が聞こえてきた。

『はい。鷹羽さん、お電話いただいてすみません。かけ直しますよ』

「えっ！　いいえ、そんな、いいですよ！」

『かけ直します。ちょっとお待ちください』

そう言うと、宇津野さんは本当に通話を切った。

──ほ、本当にいいのに……！　律儀な人だな。

彼の気遣いに驚いていると、すぐにスマホが震えた。

「はい」

『三日ぶりですね。体調にお変わりはないですか？』

なんだか体調を心配されるのが挨拶《あいさつ》のようになっていて、自然と顔が笑ってしまう。

「おかげ様で元気です。さっき、お姉様のクリニックに行ってきたんですが、前回の検査結果を踏まえて、これまでの漢方薬の処方を変えることになったんです。しばらくはそれで様子を見ることになりました」

『そうですか。治療方針が決まってよかったです。姉の診察はどうでしたか？　納得のいくものでしたか』

なんだか宇津野さんの声がいつも以上に明るい。本気で喜んでくれてるっぽい。

「とっても。先生の喋《しゃべ》り方はすごく優しいし、質問にもちゃんと答えてくれるので、ありがたかったです。これからも通おうと思ってます」

私にしては若干鼻息荒めに宣言する。

この件に関しては、本気で宇津野さんに感謝していた。あの場で彼があのクリニックの名前を出してくれなかったら、きっと受診しないままだったと思う。

『そうですか！　いやあ、ありがとうございます。姉も患者さんにそんな風に言ってもらえたら喜ぶと思います』

——さて、そろそろ本題に入ろうかな。

「そういえば、ハンカチの件、調整できましたか？」

そもそも宇津野さんが電話をかけてきた理由はこれだろうと、当たりをつける。

『ええ、それでなんですが……』

「はい、いつにしますか？」

『もしよければ、食事を一緒にどうかと思いまして』

「え。食事ですか？」

『ええ。知り合いがビストロを営んでいるので、よかったらそこで。まだ開店して半年ほどの店ですが、有名店で修業したシェフなので味は保証します。どの料理も美味《おい》しいですよ。私のお勧めは特製のオリジナルデミグラスソースがかかったふわふわ卵のオムライスです』

言われた途端、頭の中に茶色いデミグラスソースがかかった真っ黄色のオムライスという、劇的に食欲をそそるビジュアルが浮かんだ。

——やばっ。想像しただけでもう唾液が……

「お……美味《おい》しそうですね」

『はい。美味《おい》しいです。ご馳走しますので、どうですか？』

ご馳走するとダメ押しされて、私の心は大いに揺らいだ。神様云々《うんぬん》は冗談のつもりだったのに、まさかここまでいい人が現れるなんて。

――ほ……本当にこんなことってあるの？

弁護士でイケメンの宇津野さんからの食事の誘いに、私の胸がドキドキと早鐘を打ち始める。

でも、一度しか会ったことのない男性と、二人きりで食事なんてしてもいいのだろうか。

子どもの頃から体が弱くて学校を休みがちだったせいなのか、それとも元々の性格なのか、どちらかというと私は積極的に人と関わることが苦手である。

酒井さん達に言われ放題なのは、毅然《きぜん》と言い返せない自分自身にも問題があると思っていた。

だけど、宇津野さんは私を助けてくれた人だ。それにハンカチも返さなくてはいけない。本来なら会ったばかりの人、それも異性と二人の食事は丁重にお断りするところだけど、今回は特例だと自分に言い聞かせた。

「わ、わかりました。では、ご一緒させてください」

堅苦しい返事になってしまったが、スマホからは穏やかな声が聞こえてくる。

『よかった。では、日時と場所なのですが』

宇津野さんの説明を聞き逃さないよう、しっかり確認していたら、心配だからと電話のあとに場所をメッセージで送ると言われて恐縮する。

「何から何まですみません……でも大丈夫です。お店の名前と住所も伺いましたし。もしわからなかったらお電話しますね」

宇津野さんには謝ってばかりだ。

『かしこまりました。なんというか、念には念を入れておかないと、私が不安なんですよ。仕事柄、一方的に話す癖があるので、鷹羽さんがわかっていないのに私だけが突っ走っていたら言ってください』

「そんなことはないですよ。宇津野さんの声って聞き取りやすいし、話し方もわかりやすいと思います」

言われると、確かに彼は早口かもしれない。

でも、低すぎず高すぎない声の大きさがちょうどよく、滑舌がよく通る声なので電話でも聞き取りやすかった。

簡単に言えば、イケボなのでいくらでも聞いていられる。そんな声だ。

『そう言ってもらえると嬉しいですね。親に感謝しないと』

クスクス笑っている宇津野さんに、こっちの気持ちも和《なご》む。

知り合って間もない人なのに不思議。なんだか前から知ってる人みたい。

「そうだ。あの、よければ食事は、是非私にご馳走させてください」

お礼をするいいタイミングだと思い、こう申し出た。

『いえ、いいですよ。誘ったのはこっちですし』

「いいえ、先日助けてもらったお礼をさせてほしいんです。これくらいしか思いつかなくて」

『気を遣わせてしまい申し訳ない。でも、電話したのも食事に誘ったのも、私が好きでやっていることなので気にしなくていいですよ』

「……え？　それは……」

『言葉通りの意味です。あなたと話がしたいから電話をかけているんです。男が、何も用事がないのに女性に電話をかけるって、理由は一つしかありませんよ』

ど直球な宇津野さんの言葉に面食らってしまう。

「え……？」

『私は、あなたを口説きたくて電話したんです、鷹羽さん』

続けて剛速球がやってきて、言葉が出ない。

しばらく無言でいたら、スマホの向こうで吐息が漏れた気配がした。

『驚かせてしまってすみません。私は性格的に隠し事ができないので、さっさと気持ちを伝えた方がいいかなと。その方が鷹羽さんにとってもいいでしょう？　きっと、なんでこいつ何度も電話してくるんだろうって疑問に思っていたでしょうし』

「い、いえいえ！　そんなことは思ってません！　どちらかというと……一度しか会ったことのない私を気にかけてくれるなんて、とてもいい人だなって……」

——び……びっくりした。

神様が特別に出会わせてくれた人かも、なんて考えたりもしたけれど、それはあくまで希望であって本気じゃなかった。

だからか、言われたことが未だに信じられない。心臓の音がドッ、ドッ、とあり得ないくらい大きく脈打っていて、自分の体ながら不安になる。

『いい人ですか……よかったです。次回、会ってゆっくりお話ししましょう』

「わかりました……」

わかったと口では言っているけれど、半分くらいはなんでこうなったのかよくわかっていない。

なんだか夢の中にいるみたいだ。

『では、お目にかかるのを楽しみにしています』

「はい……」

通話を終え、ゆっくりとスマホをバッグに入れた。

彼の電話に出るまでは、いいクリニックを紹介してもらえて気持ちがホクホクしていた。それが今は、クリニックのことなどすっかりどこかに消え失せ、頭の中は宇津野さん一色になっている。

最後に恋をしたのは学生時代。

友人の紹介でなんとなく付き合い始めたけれど、好きになり切れずにお別れした。恋とも言えないような経験しかない。

これは……私にもやっと春が来たということなのだろうか。

――待て、私……。落ち着いて考えてみよう。

相手は弁護士だ。しかも、あんなにイケメンで、見ず知らずの私を助けてくれるような優しい人。そんな人が、果たして本当にフリーなのか？　きっと周りには彼に想いを寄せる女性が、いくらでもいるだろうに、なんで私？

そう思ったら、一気に頭が冷えてきた。

――だ、だよね……あんなイケメン、黙ってたって女が寄ってくるよ……もしかして私、チョロそうだって思われて、声をかけられたのかも……

世の中には、本命がいても軽い気持ちで他の女に手を出す男が本当にいるのだ。

『彼ったら、私という女がいながら、会社の後輩にも手え出してたのよ!?　クソ野郎でしょ!?』

これはつい数年前、学生時代からの友人が言っていたことだ。

友人の彼氏は、高校時代のクラスメイト。当時からずっと交際し晴れて婚約したのだが、なんと彼が友人に内緒で会社の後輩に手を出しているのが発覚し、大変な修羅場になった。

私はその話を聞いて、絶対に浮気をする男性とは結婚したくないと強く思ったのを覚えている。

結局友人は、文字通り相手に泣きつかれて、婚約解消はせずに結婚した。

けれど、両親の仲がいい私にとっては思った以上に衝撃だったのか、それ以後、男女交際に慎重になりすぎてしまい、全くご縁がないのである。

――だって、世の中にはごまんと男性がいるのに、わざわざ浮気するような男性を選ぶ必要なんか、絶対ない。

そう、私はどんなに相手がイケメンでも、立派な職業に就いていても、遊び相手は絶対に無理なのだ。

果たして彼はどうだろう？

期待する心と相反するように、私は傷つかないよう心に予防線を張るのだった。

二

宇津野さんと食事の約束をした日。

私の体調を気遣ってくれたのか、土曜日の昼に予定を組んでくれた。それは、正直とてもありがたかった。

——なんかほんと、できる男って感じなんだよなあ、宇津野さんって……

普段よりだいぶ遅い時間に起きた私は、ベッドの端っこに腰を下ろして宇津野さんとの電話のやりとりを思い出した。

『鷹羽さんのお住まいの近くまで車で迎えに行きますよ。どの辺りですか？』

彼はアパートの近くまで迎えに来てくれると言った。

その提案は普通にありがたいことなのだが、相手が宇津野さんなので悩んでしまう。

そもそも異性と二人きりの食事っていうのがもう久しぶりすぎて緊張するし、口説きたいとはっきり言われたのも初めてだし。

目的地までは最低でも車で三十分はかかる。その間、ずっと狭い車内で彼と二人きりっていうのは、恋愛初心者の私には荷が重い。

『ドライブがてら自分で運転していきますので、大丈夫です。お気持ちだけいただきます……』

調べたら店の近くにコインパーキングがあったので、自分で運転していくことにした。

『あ、車の運転お好きなんですか？　それもそうか、自動車の会社にお勤めですもんね。なんか……いいですね。運転している姿を見てみたいです』

せっかくの申し出を断ったら気を悪くするだろうかと心配したが、意図せず好印象を与えたようで調子が狂う。

困惑しながらも、ぼちぼち出かける準備を始めることにした。

首が丸出しのショートボブヘアの私は、基本髪を耳にかけるスタイル。普段仕事の時はシンプルなクリスタルの一粒ピアスだけど、休日は耳朶《みみたぶ》から垂れ下がるタイプのものをつけることが多い。今日も休日にしかつけない、細いゴールドのチェーンが顎《あご》の辺りまで垂れ下がるタイプのピアスを選んだ。

服は男子受けを全く考えないマキシ丈のロングスカート。メイクは普段極薄の超ナチュラルメイクだけど、今日はアイラインをくっきり入れて、お気に入りのリップを塗った、休日仕様のしっかりメイクだ。

——なんというか、デートっぽくない格好だな……

鏡に映る自分を見て、ちょっとがっかりした。

これから男性と食事に行くのに、本当にこの格好でいいのか悩む。でも、考えてみたら、まだ口説きたいと言われただけで、付き合っているわけじゃない。

相手の真意がわからないうちは、あまり意識しない方がいいか。

極力平静を心がけながら時計を見て、スマートキーを手に部屋を出た。

やや早い時間に家を出たこともあり、予定時間よりもだいぶ前に目的地付近に到着した。事前に調べておいたコインパーキングに車を停めて、待ち合わせ場所のビストロが入ったビルに向かって歩く。

すると、目的のビルの前にすらりとした男性が立っているのが見えた。

頭が小さく遠目からでも長身とわかる。上半身は黒かネイビーのシャツを着ており、濃い色が全身を引き締めて見せ、男性のスタイルのよさを際立たせていた。

というかあれ、どう見ても宇津野さんだよね。

——五十メートルくらいは離れているというのに、この位置からでもイケメンだってわかるって、どんだけなの……

そんな人と今から食事をする現実に、怯《ひる》みそうになる。

でも、今日のために、洗ってアイロンをかけたハンカチを、わざわざそれを入れるために購入した紙袋に入れて持ってきたのだ。

怯《ひる》みそうになる自分に気合を入れながら、宇津野さんに歩み寄る。

近づいてきたのが私だとわかると、それまでどこか余裕のあった宇津野さんの表情が、少しだけ強張《こわば》った気がした。

——そんな、思ってたのと違うって、言いたげな……

「今日の鷹羽さん、なんだかすごくお綺麗ですね!!」

距離が数メートルほどになったところで、宇津野さんが足早に歩み寄ってきて、興奮気味にそう捲《まく》し立てた。

——あれ？　思ってた反応と違う……

想定外の反応をされたせいで、思わずぽかんとしてしまった。

「もちろん先日の鷹羽さんもお綺麗でしたけど、今日は雰囲気がガラッと変わって、一緒にいるとちょっと緊張しちゃうレベルの美しさです」

「え、あ、そ……そうですか？　ありがとうございます……」

「あ、すみません。会って早々べらべらと……遠くから鷹羽さんが歩いてくるのが見えた瞬間から、なんだかドキドキしてしまって。柄にもなく緊張してしまいました」

「え。そ、そんなに……？」

未だかつて、こんなに外見を褒《ほ》められたことなどない。しかも、宇津野さんの顔がほんのりと赤くなっているところから、これはお世辞じゃないとわかる。

そんな宇津野さんを前にして、恋愛経験の乏《とぼ》しい私が冷静でいられるわけがなかった。

——は……恥ずかしい……

まだ会ったばかりだけど、恥ずかしすぎていたたまれない。こういう時ってどういうリアクションをすればいいのか、本気で悩んでしまう。

「もう開店してるんで、行きましょうか」

「……はい」

にこにこしている宇津野さんに促《うなが》されながら、改めて意識してしまう。

——口説きたいって、本気なのかな……？

こっちまでドキドキしつつ、ビルに入った。

目的のビストロは、いくつもテナントが入る商業ビルの一階奥にあった。通路を真っ直ぐ進み、今日のランチ内容を記した立て看板が見えたのと、デミグラスソースの香りがふんわり漂《ただよ》ってきたのはほとんど同時だった。

——うわ、いい匂い……！

お店に入る前から、頭の中で何を食べようか、メニューがぐるぐるしてる。

「どうしよう……ここはやっぱりオムライスを食べた方がいいですか？」

半歩前を行く宇津野さんに訊《たず》ねたら、こっちを振り返ってくれた。

「そうですね、オムライスはまず間違いなく美味《おい》しいです。でも、ハンバーグもジューシーで美味《おい》しいですし、ビーフシチューもお肉がとろっとろで美味《うま》いんですよ。つまり、どれを食べても美味《おい》しいです」

「えー!!　そんなの聞いたら……余計悩んじゃいますよ！　どうしようかな……」

本気で悩む私を横目に、クスッと笑った宇津野さんがビストロのドアに手をかけた。木製のドアを開けた瞬間、ベルの音がチリンと鳴って、店の中から「いらっしゃいませ」と声がかかる。

「こんにちは」

宇津野さんが中を覗き込むと、奥から出てきた女性が「あら！」と目を輝かせた。

「宇津野さん！　いらっしゃいませ!!　さあ、どうぞどうぞ」

「どうも。予約席ってどこですか？」

「こちらです」

スタッフの女性は、多分三十代から四十代くらい。髪を一つに纏《まと》め、赤いエプロンをしている。

女性に案内されつつ、宇津野さんのあとをついて店の中を進む。店内は全体的に木が多く使用されたウッディな空間だった。テーブル数はパッと見た感じあまり多くないが、厨房を囲むようにカウンター席が設《もう》けられている。木製のテーブルには赤と白の可愛らしいチェックのテーブルクロスがかかっていて、店内を明るく彩《いろど》っている。

女性やファミリー層に人気がありそうだな、なんて思いながら、予約席の札が置かれた窓側の奥の席に通され、向かい合わせで座った。

開店間もないせいなのか、私達の他に先客は二組。店内の席にはまだ余裕がある。

「お知り合いが営んでいると仰《おっしゃ》ってましたが、さっきの方がそうですか？」

バッグを隣の席に置いてすぐ目の前の宇津野さんに質問した。

「ええ。さっきの方もそうですが、厨房にいるシェフもです。ご夫婦で営まれているので」

——なるほど。

心の中で納得しながら、手渡されたメニューに視線を落とす。宇津野さんから事前に聞いていた通り、当店人気ナンバーワンのオムライス、男性人気ナンバーワンのハンバーグ、当店自慢のデミグラスソースを使ったビーフシチュー……と書いてある。

どれもこれも美味《おい》しそうで、私を大いに悩ませた。

——これじゃあどれにするか決めるだけで日が暮れそう……

「どれにします？」

にっこにこの宇津野さんは、もう何にするか決まったのだろうか。

「宇津野さんはもう決まっているんですか？」

「私ですか？　はい。家を出る時から何を食べるか決めてきました」

なんと。

「え……な、何にするんですか？」

「ハンバーグです。今朝は起きた時から肉を食べたい気分だったので」

「……そうですか……どうしようかな……」

ハンバーグと聞いて、ちょっと心が揺らぐ。目の前で美味《おい》しそうに食べられたら、私もハンバーグが食べたい……と思ってしまいそう。

「決まらないようであれば、シェアするという手もありますよ」

――シェア。……シェア⁉

宇津野さんからの提案に、ハッとする。

「えっ。い、いいんですか？」

思わずその提案に食いついてしまう。居酒屋とかイタリアンでシェアするのはよくあるが、洋食屋でシェアをするのはアリなのだろうか。

「はい。この店、ファミリー層にも人気があるので、みんなよくやってますよ」

「え……じゃあ、私はオムライスを頼むので、ハンバーグとシェアしていただいてもいいでしょうか？」

「もちろんです」

宇津野さんが笑顔で頷く。

「ありがとうございます！」

注文を済ませると、ランチについてくるソフトドリンクが先に運ばれてきた。私はお店のオリジナルレモンスカッシュ、彼はコーヒー。

グラスの下に沈殿しているレモンの果肉をよく混ぜてから吸うと、すっぱ甘いレモンと炭酸が喉にガツンとくる。これ、すごく美味《おい》しい。

ちびちびレモンスカッシュを飲みながら、優雅にコーヒーを飲む宇津野さんをチラ見する。外見はやっぱりイケメン。それに優しくて、さりげない気遣いもできる弁護士という、ものすごい高スペック。

そんな人が会ったばかりの私を口説きたいとか、本気で言っているのだろうか。

――今まで男の人から、いきなり好きなんて言われたことないし、そういう相手とどんな会話をすればいいんだろう……

とりあえず何か話さないと、と考えていたら、ハンカチのことを思い出した。

――っ、と。そうだ。先に渡しておかなきゃ。

レモンスカッシュをテーブルに置き、バッグの中からハンカチの入った袋を取り出した。

「あの、遅くなりましたが、ハンカチをありがとうございました」

テーブルの真ん中にハンカチの入った袋を置く。

「あの時は本当に、親切にしてくださって助かりました」

姿勢を正し、深々と頭を下げる。

「やめてください。いいんですって。私としてはあの出来事があったからこうして鷹羽さんと知り合いになれたので。むしろこっちがお礼を言いたいくらいですよ」

静かな口調。だけど、どこか声が弾んでいるように聞こえる。

「宇津野さん……この前からそういったことをよく口にされますけど。どこまで本気なんですか」

「どこまでって、全部ですけど。こんなこと、冗談で言えませんよ」

真顔で返されて、言葉に詰まる。

――冗談で言えない……？　ってことは、この人、本気で私を口説くつもりなの……？

「いやでも、だからってなんで私なんですか……？　あの朝、私、あなたに好かれるようなことは何もしていないのに、どこに好きになる要素があったんです？」

真っ青になって吐き気を我慢している女が好きと言われたら、それはそれで怖いけど……

宇津野さんの顔を警戒心いっぱいに見つめていたら、可笑《おか》しそうにクッ、と肩を揺らされる。

「鷹羽さんは気が付いてない？　私と毎朝、あの駅で会っていたこと」

「……え？　会って？」

「そう」

「本当ですか？　私、全く覚えがないんですけど……」

こんなイケメン、一度見たら絶対忘れないはずなのに、私にはこの人を駅で見た記憶がない。

宇津野さんは口元に手を当て、私から目を逸らす。

「まあ、私が一方的に鷹羽さんを見ていただけなんですけどね。大体いつも同じ時間にホームでお見かけするので」

「え、あ……そうだったんですか？」

朝のホームではいつも、呪文のように「会社行きたくないないなー、酒井さんに会いたくないないなー」と心の中で唱えている。きっと周囲に目がいかないのはそのせいだと思う。

だってこんなにスタイルのいいイケメンが近くにいたら、絶対に気が付くはずだから。

「いつもね」

宇津野さんがコーヒーカップをソーサーに戻しつつ、私にチラリと視線を送ってくる。

「鷹羽さん、ホームのどこか一点を見つめながら電車が来るのを待ってるんだ。最初、あなたのすぐ後ろにいたのがきっかけで、どこを見てるのかなーってなんとなく視線を追ってみたりしてたんだけど。あ、その時はまだ好意とか、そういうのはなくて」

彼が当時のことを懐《なつ》かしそうに思い出しながら話している。それはいいんだけど、そんな近くにいたこともあったなんて驚きだし、いつも見られていたのかと思うと、恥ずかしさで顔が熱くなってきた。

「でも、そうやって毎日見ているうちに、今日は調子悪そうだなとか、気になるようになってきちゃって。だからあの日も、結構早い段階で体調が悪そうだって気が付いてたんだ」

「そ……なんですか……」

体調が悪いのがバレるくらい、いつも見られていたと思うと、結構恥ずかしい。

「でも、それで私に好意を持つっていうのが、信じられないんですが」

「どうして？　好意を持っているからいつも見てしまうし、体調の変化にも気付くってことですよ。あの朝、真っ青な顔をしてホームから去ろうとしているあなたを見た時、考える前に体が動いていたんです。彼女を助けなければいけない、って」

話したこともない相手なのに、そんな風に思ってくれたなんて。

『神様が特別に出会わせてくれた人』

まさか、本当にそうなのだろうか……冗談のつもりで、自分でも本気にしていなかった言葉が再び脳裏に浮かんでくる。

——いやいや、ちょっと待って。だって、宇津野さんが言ってたじゃない。医者一家出身で、具合の悪い人を放っておけないって。

きっと、この人はいい人で間違いない。でも、だからといって、勘違いしちゃいけないのだ。こんな素敵な人が私のことを好きなんて、そんな夢みたいな、漫画みたいなこと、あり得るはずがないんだから。

「多分それって、正義感や優しさからきているのではないですか？　弁護士さんって、困っている人を助ける仕事ですし……お医者様のいる家庭環境もあって、具合の悪そうな私を放っておけなかったんですよね？　だから……」

「違う」

真顔で断言された。

空気が一変しかけた時、タイミングよくハンバーグとオムライスが運ばれてきた。

「はーい、お待たせいたしましたー！　こちらはシェア用のお皿です」

「あ、ありがとうございます……」

目の前に置かれた、綺麗な黄色が目を引くオムライス。この店のオムライスはトロトロ系。絶妙な半熟具合の黄色い卵と、茶色のデミグラスソースのコントラストが美しく思える。

もちろんオムライスだけではない。宇津野さんの頼んだハンバーグだって負けてはいない。ほどよい大きさのハンバーグはぱんぱんに膨らみ、ナイフを入れた瞬間、肉汁が溢《あふ》れるに違いないと思わせる最高の状態だ。シェアして正解だった。

なんとも食欲をそそるビジュアルと、デミグラスソースの香り。私と宇津野さんの視線も、すぐさまそちらへ移った。

「温かいうちにいただきましょうか」

宇津野さんが微笑み、ナイフとフォークを手に取った。

「そうですね、いただきます」

宇津野さんにそう勧められ、私はシェア用のお皿にオムライスを取り分け、宇津野さんに差し出した。

「じゃあ、はいこれ……どうぞ」

それをありがとう、と笑顔で受け取った宇津野さんも、自分のハンバーグをナイフで切り分け、皿に載せて私に差し出した。

「こちらも、はいどうぞ」

「ありがとうございます」

まず先に肉汁の溢《あふ》れるハンバーグをいただこうかと思ったけど、見るからに熱そうで、口に入れた途端、火傷《やけど》しそうだった。なので、まずは自分のオムライスを先に食べる。

……間違いない美味《おい》しさだった。

「美味《おい》しい……!! 卵、ふわっふわですね！ それにこのデミグラスソース、すごく美味《おい》しいです。コクがあって味が深くて……」

思わず我を忘れて食リポしていたら、微笑んで話を聞いてくれている宇津野さんに気が付いて、ハッと我に返る。

「し、失礼いたしました……」

——恥ずかしい。私ったら、何をやって……

「え。どうして？ もっと聞いていたかったのに。言った通りだったでしょ」

「はい。この味は癖になっちゃいますね」

「うん、美味《うま》いね、オムライス。ハンバーグも食べてみて、美味《うま》いから」

「あ、じゃあ……いただきます」

早速口に運んだハンバーグも、やっぱり美味《おい》しかった。これぞ王道といった美味《おい》しさの中に、どこか懐《なつ》かしさもある。噛んだ瞬間に肉汁が溢《あふ》れ、肉の味ももちろんするけれどちょうどいい焼き具合で、香ばしさやタマネギの甘さが上手く融合していた。

「ハンバーグも美味《おい》しいです……!!　さすが、家じゃ作れない味ですね」

「だよね。わかります」

宇津野さんはオムライスをペロッと平らげ、今はハンバーグを食べていた。綺麗な所作でハンバーグをカットして口に運ぶその様は、非常に絵になる。

「ん。美味《うま》い。安定の美味《おい》しさ」

——宇津野さんって、食べている顔が幸せに溢《あふ》れている。こんなの、作った人が見たら嬉しいだろうな。

「こちらのシェフは、宇津野さんのお友達なんですか?」

メニューも熟知しているし、何度もここへ足を運んでいるようだから、きっと親しくしているのだろうな、と勝手に想像していた。

しかし彼は、私の問いかけに小さく頭を振った。

「いえ。友達ではなく、元依頼人なんですよ」

「え、そうなんですか？」

「はい。守秘義務がありますので、依頼の詳細は語れませんけど。この店を出す際に連絡をいただいて、私が洋食好きという理由もあって通わせてもらってるんですよ」

――依頼人、かあ……。でも、依頼後もこうして交流が続いているってことは、きっと満足いく結果だったということ……だよね？

「そうでしたか……。仲がよさそうだったので、てっきりお友達だと思ってました」

「お友達……ではないですけどね～。それよりも鷹羽さん」

「はい？」

話しながらパクパクとオムライスを食べ進める。

ランチについてくるサラダと、少量だけどコンソメスープ、それに加えてオムライスのお皿に載っている山盛りのキャベツ。

オムライスの量もそれなりにあるのに、その他にまだこんなにある。普段は小さめのお弁当箱と、物足りない時はお湯を入れて作るカップスープを足す程度の昼食なのに、こんなに食べるのはいつぶりだろうか。

宇津野さんから話を振られたけど、はっきり言ってそれどころじゃない。できれば残さず食べたいけれど、最悪の場合テイクアウトはしてもらえるだろうか。

そんなことを考えていた私に、宇津野さんが切り出す。

「俺に聞きたいのは、そんなことじゃないよね？」

「っ⁉」

突然宇津野さんの一人称が私から俺に変化した。それに驚いてしまい、お行儀が悪いのはわかっているが口に食べ物が入ったまま固まってしまった。

「あ、ごめん、びっくりした？　でも、一緒に飯食う仲にまでなったことだし、そろそろいいかなって。鷹羽さんも堅苦しいのは苦手でしょう？」

慌てて口の中にあるものを飲み込んだ。

「……そ、そんなことは……」

「そう？　じゃあ、さっきの続きね。俺が鷹羽さんを助けたのは、正義感や優しさからくるただの善意で、恋愛感情じゃない……って言いたいのかな？」

口調が変わったことで、すごくざっくりとした説明になっている。わかりやすいけど。ただ私が、まだ彼のこの変化についていけてない。

「はあ、まあ……」

「それは違う。いくらなんでも善意か好意かの違いくらい自分でわかるから。それに俺は、誰彼構わず優しくしたりなんかしない」

宇津野さんが、ナイフとフォークを皿に置き、真顔になる。

「気のある女性にだけだよ。こうやって素を見せるのは」

目を合わせてニコッとされて、今度は混乱で固まってしまった。

――え、何？　す……素？　素を見せてるって……しかも、気のある女性にしかかって……

理解した途端、宇津野さんから距離を取るように椅子の背に背中を預けた。

「や、あの……!!　でもそんな急に……」

「急じゃないでしょ。この前の電話で、はっきり口説きたいって伝えてるし、俺の気持ちもう気付いてるでしょ？」

真顔でそう問われて、うっと怯《ひる》む。

「気付いてますけど……でも、本気だなんて思わないじゃないですか。あ、遊びの可能性だって考えられるし……」

「それは違うから。遊びのつもりだったら、脈なしとわかった時点でもう誘わないでしょ」

――それは、遊んでいるから言えることなのでは……

私の中で宇津野さんへの驚きと疑惑が大きくなる中、彼が困り顔で額に手を当てた。

「いやいや、待って。今のは俺の経験ではなく、あくまでも一般論だよ。それに俺は気軽に女性と遊べるほど器用じゃない。だから、口説く時は全て本気だよ」

口説く時は、全て、本気……!?

じゃあ何、この人、本気で私のことが気になって口説いてるってこと!?

「ちょ……ちょっと待ってくださいよ……！　ふっ、普通に考えて、ただ駅のホームで見かけるだけの私を、なんで宇津野さんみたいな弁護士さんが好きになるなんて思います？」

恥ずかしさの極みで、ものすごく早口になってしまった。でも、彼はちゃんと聞き取れたようである。

「いや、俺もただ仕事で弁護士をやってるだけで、中身は普通の男だからねえ……そりゃ、外見が好みの女性がいたら見るし、好きになっちゃうよね」

「外見が、好み……？」

「そう。背が高くて、首が長くて横顔が綺麗。鷹羽さんは、とても俺の好みです。だからどうでしょう、俺とお付き合いしてみませんか？」

「……!!　いやちょっ、待って、ください……!!　私、宇津野さんに口説かれるとか絶対あり得ないと思ってたんで、そんな付き合うとか、いきなりすぎて……」

思わず本音を漏らしたら、宇津野さんの顔がわかりやすく曇った。

「酷いなー。こっちは勇気を振り絞って誘ったのに」

「え、ごめんなさい……！」

もちろん相手を傷つけるつもりはなかった。親切にしてもらったし、外見も爽《さわ》やかで格好いいし、一緒にいて嫌だと思うことは一瞬もなかった。今日も美味《おい》しいお店を教えてくれて、宇津野さんに対してはいいイメージしかない。

「じゃあ、遊びじゃなくて本気だってわかったら、俺と付き合ってくれます？」

「……それは……」

無意識のうちに、視線が泳いでしまった。

こういう場合ってどうするのが正解なんだろう？

格好いいとは思う。いい人なのも確か。でも、私の中で、この人と恋愛するイメージが湧いてこない。

それにこんなイケメンの横に並ぶのは勇気がいる。服装やメイクにも気を遣うだろうから、デートするたびにお金がかかりそう……

もし宇津野さんと付き合ったら直面するであろう、マイナス面ばかりが次々に浮かんでくる。

やっぱりこの人と付き合うなんて考えられない。今は断るのが最善だと思い至った。

「……お気持ちはありがたいのですが、今は職場のことや生活のことで頭がいっぱいで、恋愛どころでは……」

「困り事の解決には力を貸すよ？　生活に関しても、アドバイスする。男手が必要なら手も貸すし、話なんかいくらでも聞く。愚痴でもなんでも」

「え、えええ」

打って変わって押せ押せに作戦変更した宇津野さんに、戸惑った。

「ちょっと待ってください……!!　この前までとギャップがありすぎて……」

「だって、どう考えても鷹羽さん、検討もしないで断るつもりだったでしょう。せっかくこうしてお近づきになれたのに、あっさり逃げられたら俺、立ち直れないから。それに逃がしたくない。何がなんでも鷹羽さんと付き合いたい」

「……どうしてそんなに私がいいんですか？　外見だけなら、他にいくらでもいい人がいそうなのに……」

疑問を呈《てい》す私に、宇津野さんが微笑む。

「外見ももちろんだけど、声とか、話し方とか仕草がドストライクなんです。こんなに女性を見てドキドキするのもあなたが初めてです。だから鷹羽さんがいい」

「え……えええええ!?」

テーブルの上で手を組む宇津野さんは、どこか自信満々。説得を試みても余裕で言い負かされそうだ。

それもそうか、相手は弁護士だった。

「すみません、ちょっと、考える時間をください……」

今はそう返事をするので精一杯だった。

「交際を考えてくれるという解釈でいい？」

「はい、まあ……」

頷くと、宇津野さんの表情がぱあぁと明るくなった。

「よかった。いい返事を待ってます。……あ、冷めちゃうね。食べようか」

言われて再びオムライスにスプーンを入れる。ちょっと冷めて、躊躇《ちゅうちょ》なく口に運べる熱さになっているオムライスは変わらず美味《おい》しかった。

食べている間、宇津野さんがこの店の他のメニューの何がどう美味《おい》しいとか、隠れたお勧めとかいろいろ情報を教えてくれたけど、全然頭に入ってこなかった。

結局オムライスは全部食べられなくて、残った分は紙の容器に入れてテイクアウトにしてもらった。これに関しても、先に宇津野さんが食べきれないだろうと察知して、私に声をかけてくれた。

この人、ほんとよく見てる。

「ありがとうございました。美味《おい》しいし残すのが勿体《もったい》なくてどうしようかと思っていたんです。これ、夕飯にします」

「これだけで夕飯足りるの？」

「足りなければ、家にあるもので適当に何か作ります」

多分、時間にしたら一時間半くらい。話と、食事で時間はあっという間に過ぎた。

宇津野さんに好意を伝えられた辺りからのドキドキと、動揺で今の私は、すごく疲れている。

――は、早く車に戻りたい……一人になりたい……

宇津野さんがスマートにお支払いを済ませてくれて、それにお礼を言いながら店を出た。ビルの前で立ち止まり、改めて彼に頭を下げる。

「ごちそうさまでした。本当にすごく美味《おい》しいオムライスとハンバーグでした。連れてきてくれてありがとうございます。また今度、一人でも来てみようと思います」

「そこは一人と言わず、俺とまた来ようよ」

さりげない一言がズキュン、と胸を撃つ。

「その辺はまた、改めてお返事しますので」

「わかりました。でも、なるべくいい返事を待ってます。あ、鷹羽さん帰りは車だっけ？」

そうですと答えたら、何に乗っているの？　と聞かれたので、車種を言ったら驚かれた。

「意外」

この反応は想定内だ。知り合いに話すとよく言われる。

――なんか、体が弱いイメージのせいで軽自動車とか、小さくて可愛い車に乗っていると思われがちなんだよね……

「昔から大きい車に乗りたいっていう、憧れがあったんです。まあ、経済的なこともあって今乗っている車は、それほど大きくないんですけど」

「大きい車に乗りたいんだ？　だったら今度俺の車に乗ってみる？　結構でかいよ」

「え。何乗ってるんですか」

条件反射で聞き返したら、私が憧れていた海外メーカーの大型ＲＶ車の名前が出てきた。

「えっ!!　本当ですか!?」

「うん。新車で買って二年目だよ」

驚きのあまり無言で宇津野さんを凝視してしまった。

「あれ。もしかして、好きな車だった？」

「憧れの車です……！」

なんてことだ。

――うっそ……あれに乗ってるんだ。いいなー……

宇津野さんがその車に乗っている姿をイメージしてみる。確かに、めちゃめちゃ様《さま》になっているし、格好いい。

想像だけで興奮してきた私に、冷静な私が待ったをかけた。

だめだ、落ち着け私。さっきやっとのことで返事を待ってもらったばかりじゃないか。

――私って……私って……なんて単純なの……

気持ちを落ち着けるため、何度か深呼吸を繰り返す。一旦車のことは横に置いておこう。じゃないと冷静になれない。気まずい思いで宇津野さんを見上げると、なぜか意味ありげににやりとされる。

「乗りたい？　俺の恋人になればいつでも乗れるよ？」

多分、この人に告白されて以来一番心が揺さぶられた。

でも、さすがにこれで「是非、お願いします！」と言うのはどう考えても違う。なので私は、鋼の心できっぱり告げる。

「こういう大事な決断を、車に釣られて決めるわけにはいきませんから……!!」

「はは！　格好いいな。俺としては釣れたらラッキーくらいの気持ちだったのに」

宇津野さんは心から可笑《おか》しそうに笑い、私達はその場で別れた。

手を上げる彼に何度も会釈《えしゃく》をして、パーキングまで足早に歩く。

なんだかずっと背中に彼の視線を感じていたのだが、これって気のせいだろうか。

――はあ、返事どうしようかな……

ただハンカチを返すついでで会うことを承諾しただけなのに、まさかこんな展開になるとは。いや、ハンカチだけじゃないか。ビストロに惹かれたのもある。

……っていうか、私、物に釣られすぎじゃない？　ビストロといい、車といい……

その上、考えさせてくれだなんて、返事を保留してしまったし。

――保留にしたってことは、返事をしないといけないということだ。

ただでさえ悩みが多いのに、私ってばなんで自《みずか》ら悩みを増やすようなことを……

でも、あんな風に言ってもらえて、ちょっと嬉しかった。それに悩み事の解決に協力するって言われたのには、心が揺れた。

実際問題、会社での人間関係に宇津野さんが介入できるとは思えない。それでも、そう言ってくれる気持ちが嬉しかった。

自分のために何かしてくれようとする人がいるだけで心強く思うのだと知った。

――さて、どうしようかなあ……

宇津野さんにはっきり告白された翌日の昼間。私は自宅アパートのベッドの上でゴロゴロしながら、彼のことを考えていた。

まさか自分が、あんなハイスペックな男性から好かれるなんて、誰が想像しただろう。しかも、ただホームに立っているところを見初《みそ》めただなんて。

――本当に彼を信じていいのかな。……どうしよう……

宇津野さんにもらった名刺を取り出し、まじまじと眺める。ふと思い立ち、スマホで名刺にある弁護士事務所のページを開いてみた。

「……いた」

宇津野基紀、国内の某有名私立大学の法学部在学中に司法試験に合格……とある。

――在学中に司法試験に合格!?　すごい、めちゃくちゃ優秀なんだ……

普通に考えたら、お付き合いするにはこれ以上ない相手である。なのに、彼と付き合うことを決断できないのは、私自身に恋愛経験が乏《とぼ》しいというのが理由の一つ。

もう一つは。

「うわ、また来た」

突然震えだしたスマホを見て、はあ、とため息が漏れる。着信は、宇津野さんからだ。さっき水回りの掃除を終えて戻ってきたら不在着信が数件表示されていて、それが全部宇津野さんだったと知った時の衝撃はなかなかのものだった。

実は昨日彼と別れたあとから、何回かこうして着信が来ているのだ。

宇津野さんと会ったあと、運転中で着信をスルーしたら、昨日今日とこの有様。

——早く返事を寄越せよってことなのかな……？

それにしたって、こんなに何度も連絡がくること自体ちょっと怖い。だからなのか、折り返す気にならなくて、そのまま放置している状態なのだ。

——少し時間をくれって言ったのに、急《せ》かすみたいにこう何度も連絡を寄越してくるのは、ちょっとどうかと……

あんなに親切にしてもらったくせに、電話を無視するのは失礼だとは思う。でも、この前彼が言っていた、逃がしたくない、何がなんでも付き合いたい、という言葉を思い出して頭を抱えた。

——どっ……どうしたらいいの……!?　本気でわかんなくなってきた……

自分なりに精一杯悩んだけれど、結論は未だ出ず。だから、申し訳ないけど宇津野さんにコールバックはしなかった。それが後日、あんなことになるとは思いもしなかった。

三

長いこと同じ職場で仕事をしていると、今日はあの人やけに機嫌がいいねとか、逆にすごく機嫌が悪いとか口数が少なくて落ち込んでいるようだとか、そういったことがなんとなくわかるようになる。

だから私にはわかってしまった。今日の酒井さんはとても機嫌が悪いということが。

「……っ、もう!! なんでやれって言ったことをやってないのよ!!」

どこかに電話をかけた酒井さんは、しばらく何かやりとりをしていたが、受話器を置いた瞬間、そう声を荒らげた。

――多分どこかの店舗が、昨日までに社内便で送らないといけない書類を送っていなかったぽいなー……やっちゃったなこれは……

私が酒井さんを苦手としているからではないが、彼女はこういうことを根に持つタイプなのだ。おそらくミスをした店舗の担当スタッフは、彼女の中でブラックリスト入りしたと思う。

どうかこっちにまでとばっちりがきませんように、と心の中で祈る。しかし、神様はこの願いを聞き届けてはくれなかった。

「ちょっと鷹羽さん、いい？」

「……はい……」

大きな声で酒井さんに呼ばれ、何事かとドキドキする。

ミスはしていないはず。伝え忘れも、書類チェックもちゃんとやっている。彼女に怒られるようなことは何もしていない。一体どうして、呼ばれたんだろう？

緊張しながら酒井さんの席に行くと、いきなり纏《まと》まった書類の束を渡された。

「これなんだけど、私時短じゃない？　さすがにこんなにできないから、鷹羽さんがやってくれないかしら？」

「え、これを……ですか？」

書類をよく見ると、今日中にチェックを済ませて課長に提出しないといけないものだった。

――今日⁉　今日締切のやつがこんなに⁉

心の中で驚愕《きょうがく》していると、いつになく優しい声で酒井さんが頼んでくる。

「ただでさえ仕事が溜まっちゃってるのよ。ね、お願い。鷹羽さん、今、急ぎの仕事はないでしょ？　私、他にもやらないといけないものたくさんあるのよ」

「はあ、まあ……」

「じゃ、頼んだわね」

そして、書類を押しつけられる。げんなりしながら席に戻り、預かったばかりの書類を見つめた。

――私が一日仕事を溜め込むだけでいろいろ言うくせに……

理不尽だ、とため息が漏れる。

なぜなら酒井さんが仕事を溜め込んでいる理由を、このフロアにいる人なら皆知っているからだ。

彼女はあまり仕事ができない。

私語が多いし、休憩と言って席を立つことも多い。そして多分、要領も悪い。

それでいて社歴だけは長いからすっかりお局様《つぼねさま》になってしまい、彼女に物申せる人がほぼいない状態なのだ。

急ぎの仕事がないとか、私に関心など全くないくせに、なぜそんなことを言い切れるのか。

私にだってそれなりに仕事はある。急ぎがなさそうに見えるのは、早めに終わらせているからだし。

ため息は止めどなく漏れるけど、反論してまた何かネチネチ言われるのが嫌で、彼女から預かった仕事をさっさと片付けて、全部課長に提出した。

その日の帰り際。更衣室で着替えていると、同じフロアで働く先輩社員が入ってきた。

この住野《すみの》さんという人は今三十代半ば。酒井さんと同じように既婚で子どもがいるが、彼女と仲がいいわけではない。

しかし、結構はっきり物を言うので、私からすると酒井さんとはまた違った意味で恐れている先輩の一人だ。

「ああ、お疲れ様」

「お疲れ様です」

挨拶《あいさつ》だけ交わし、着替えに戻る。いつもこんな感じでほぼ会話を交わすことはないのだが、今日は違った。

「鷹羽さんさ」

「は、はい」

黙々と着替えをしながら、珍しく住野さんが話しかけてきた。

「いつまで酒井さんの言いなりになってんの？」

酒井さんの名前を出してきたことも驚きだが、言いなりになっている、という指摘に背中がぞくりとした。

「え……」

「今日だって、仕事溜め込んだのはあの人のせいでしょ？　それなのに、なんであなたが代わりにやってあげてるの。全部あの人にやらせるべきよ」

住野さんの声から、ビリビリと怒りの感情が伝わってくる。

住野さん、すごく怒ってる。

「そ、それはもちろんわかってます。でも、あの場面で反抗したら酒井さんの感情を逆なでしてしまうことになるし……先輩なので、できないなんて言えないですよ」

「言えないたって、今のままじゃあの人をただのさばらせておくだけでしょう。もちろん一番だめなのは酒井さんだけど、反論しないで言いなりになる鷹羽さんにも責任はあるのよ」

「それは……」

住野さんの言葉が胸に刺さった。

言葉が出てこない私を見て、住野さんがため息を漏らす。

「わかってるんだったらもっと毅然《きぜん》と対応しなよ。でないとますますあの人を増長させるだけだし、職場の空気だっていつになっても悪いままだよ」

「……はい」

「じゃ、お疲れ様」

更衣室から住野さんが出ていって、私は耐え切れなくなってその場にへたり込んでしまった。

「どうすりゃいいのよ……」

これぞまさに八方塞がり。

言わせてもらえば、私だって好きで言いなりになっているわけじゃない。

今ですら酷い状況なのに、反論なんかして更に態度が悪化したら、もっと仕事がしにくくなって周りにも迷惑をかけてしまうことになる。だから自分なりに我慢して、穏便に対応していただけなのに。

それをダメと言われたら、もうどうしたらいいのかわからなくなる。

――あの場で「できません！」なんて言ったら、場の空気が悪くなるどころか地獄になると思いますよ、住野さん……

重苦しい空気を纏《まと》いながら会社を出た。まだ工場では働いてる人がたくさんいて、誰かとすれ違うたびに「お疲れ様です」と声をかけながら敷地を出た。

「鷹羽さん」

その途端に声をかけられ、職場の人だと思って振り返る。

「お疲れ様で……」

言いかけた私が固まる。なぜなら、目の前にいたのは職場の人ではなく、宇津野さんだったからだ。

きっちり髪をセットし背筋を伸ばしたその姿は、最初に駅で私を助けてくれた時と一緒だ。

「な……なん……!?」

「酷いな。鷹羽さんが出てくるのを待ってたのに」

スーツ姿の宇津野さんが、少し悲しそうに表情を歪《ゆが》める。

「待ってたって、なんで……」

「決まってるでしょ。鷹羽さんが、全然電話に出てくれないから。何かあったんじゃないかと心配してたんだけど、元気そうだね」

じゃあなんで電話に出なかったのかな？　と微笑む宇津野さんが怖い。

「そ……それは、ちょっとここでは話せないかと……」

いつすぐ後ろの従業員通用口から社員が出てくるかもしれないところで、呑気《のんき》に長話などできない。

「おっけー。じゃあ、場所変えよう」

実に軽い感じで、宇津野さんが体の向きを変える。その時、ついでとばかりに手首を掴まれてしまい、ギョッとした。

「えっ、なんで手……」

「捕まえとかないと鷹羽さん逃げるから。ほら、行こう」

背が高く足の長い宇津野さんは、一歩が大きい。それに追いつくように、私は一生懸命早足で歩く。

行こう、と言われてからほぼ無言のまま、私達は最寄り駅の近くにあるカフェにやってきた……否《いな》、連れてこられた。

外に面している側はガラス張りで中が丸見えだけど、会社のある側とは駅を挟んで反対にあるカフェなので、帰宅途中の同僚に見られる可能性は低い。といっても、社員に遭遇する可能性が全くないわけではないが、なんせ店内が賑《にぎ》わっているせいで人の話し声がすごい。多分私達の会話も周囲の音にかき消されて、誰も気にしないだろう。

カウンターで注文するスタイルなので、彼が本日のブレンド、私がロイヤルミルクティーを頼む。

彼が飲み物を受け取っている間に、私は先に席に着いた。

未だに会社でのダメージを引きずっているせいで、気付けばため息が漏れる。

正直、これ以上の面倒事は私のキャパがいっぱいで受け入れられそうにない。会社のことも、宇津野さんのことも。

宇津野さんが前に座っても言葉を発せないでいると、そんな私の様子に何かを察知したかのように向こうが神妙になる。

「まず先に謝っておくよ。待ち伏せしてごめんなさい。こうでもしないと鷹羽さんは会ってくれなそうだったから、ちょっと強引な手段に出てしまった。それに関しては申し訳なかった」

二人掛けの丸い木製のテーブル席に着くなり、深く頭を下げられてしまう。

「え……頭を上げてください。びっくりはしましたけど、怒ってはいません」

「よかった。嫌われるリスクがあるのは承知してたんだけど、衝動を抑えられなくて」

こんなことになるなら、彼の電話にコールバックした方がよかったかもしれない。

だって今の私は、昼間の酒井さん、さっきの住野さんと時間差でダメージを食らっており、宇津野さんとまともに渡り合える気がしない。

気力が湧かなくて頭が働かないのである。

——だめだわ、今日は本当に……状況を説明して、改めてもらおうかな。

温かいロイヤルミルクティーに口をつけ、ホッと一息ついてから、下っ腹に力を入れた。

「あの、わざわざ来てくださったのに申し訳ないんですが、今は宇津野さんとのことを考える心の余裕がありません。毎日のように連絡をいただいても出られませんし、正直ちょっと怖いと思ってます」

怖いという単語に対し、宇津野さんが表情を引きつらせた。

「すみません。電話に関しては以後、気を付けます。それよりも考える余裕がないって、仕事のことで何か問題が？　悩みがあるとか？」

「ま、まあ」

「話してみてよ。何か力になれることがあるかもしれないし」

「……ないですよ。宇津野さんに話したところで私の状況が変わるわけじゃないし」

カップに口をつけていた宇津野さんが、カップをテーブルに置いた。

「それでもさ。愚痴でもなんでもいいよ。壁打ち感覚で思っていることを俺にぶつけてみれば？」

――こんなイケメンの壁、そうそうないと思うけど……

でも今は、さすがに一人で抱えるにはダメージが大きすぎて、彼の厚意に甘えることにした。

「実は、会社の同僚との関係が上手くいってなくて、ずっと悩んでるんです」

宇津野さんの眉がピクッと動いた。

「同僚との関係……パワハラやセクハラに遭ってるとかですか？　いじめとか？」

「うーん、そうやって言われるとどうなんだろう……パワハラというかいじめに近いのかもしれませんけど。でも、なんかそういうのとはまた違うような……」

悩むよりも話した方が早いかと、簡単に今私が置かれている状況を説明した。

酒井さんとの関係が一向に改善しないこと、しかも今日の帰りに別の先輩にもチクリとやられて、今の私はメンタルが地の底まで落ちている状態なのだ……と。

「でも、仕事は嫌いじゃないし、会社は好きなんです。だから辞めたくない。でも、先輩との関係を思うと、気分が落ち込みがちで……。だから、宇津野さんのことも考える心の余裕がないんです」

私が話している間、宇津野さんはただ黙って話を聞いてくれていた。途中、何か質問をされるかと思ったが、意外にも彼は何も言わなかった。

「なるほどね」

軽く腕を組み、身を乗り出していた宇津野さんが体勢を元に戻す。そして、カップに手を伸ばした。

「今の話を聞く限り、間違いなくパワハラに遭ってるね。上司に訴えたことは?」

「……はっきりとは、まだ……」

「言えばいいのに」

「わかってはいるんですけど、私、空気を読みすぎちゃうところがあって。もし、私がパワハラされてますって上司に訴えたとして、上司はきっと相手に注意しますよね。その人は表面上、私に優しく接してくれるようになるかもしれないけど、裏に回ればきっとこれまで以上にきつく当たってくるんじゃないかなって。それが怖いっていうか、面倒事が更に大きくなる気がして嫌なんです」

宇津野さんがカップを持ったまま、うーん、と唸《うな》る。

「そんなことまで考えてるのか。普通はパワハラで上司から注意されれば、大抵の人は異動になるか、その職場を去るか、かな。態度が改善されないと下手したら訴訟になるんで」

「これはあくまで私の印象ですけど、その人はパワハラって言われても絶対認めない気がしてるんです。逆にこうなったのは私に問題があるからだって訴え返されそうな気がする」

「いや、体調が悪いのに飲み会に参加するなんて無理でしょう。それをちゃんと説明すれば相手だって普通はわかってくれるのでは」

「……説明したけど、信じてくれなかったんです……一回ならいいけど、何度もあるのはおかしいって……私もどう説明していいかわかんなくなっちゃって、結局諦めてそのまま」

「そっか。ずっと一人で悩んでたんだね」

宇津野さんがふう、と息を吐く。

「これは弁護士としてというか、俺個人の考え方なんだけど」

「はい」

宇津野さんがすっと居住まいを正したので、こっちも背筋を伸ばした。

「我慢は病気のもと。昔みたいな根性論は今の社会では通用しない。辛いものは辛いと、はっきり上に訴えていいと思うんだ。鷹羽さんの体調不良も、そういったストレスに起因している可能性があるんじゃない？」

根性論だなんて久しぶりに聞いた。確かに、昔はそういう風潮があったと親から聞いたことがあるけれど、今は聞かない。

「今の職場に特別な思い入れがあって、どうしても辞めたくないのなら上司に相談するのが一番早い。でも、どうしてもこの会社を辞めたくない、というのでないなら、同じような職種に転職するのもありだと思う」

――やっぱり、そう思うか……

以前、友人に相談した時もそんなようなことを言われた。確かに、自動車ディーラーは他にもあるし、本気になって探せば別の仕事が見つかる可能性はある。

それをしないのは、おそらく私の怠慢《たいまん》だ。せっかく入った会社を辞めるのは、なんだか惜しい気がしてできないでいる。

「わかってはいるんです。でも、またゼロから人間関係を構築していくと思うと、どうしても決断できなくて……」

「人間関係か。やはりそこがネックになるんだね」

うんうん頷く宇津野さんにも、思い当たることがあるのだろうか。

「宇津野さんも、そういう悩みがありますか？」

「いや、俺はあまり仕事面での人間関係を重視してないから。多分、今すぐ転職しろと言われたら、二つ返事で転職できる」

「え……ええ？　本当ですか？」

「もちろん。あのね、鷹羽さん」

宇津野さんが再びこちらに身を乗り出す。

「業務上、良好な人間関係を構築しないといけないのなら仕方ないけど、そうではなく、個人の能力次第で仕事が円滑に進むのであれば、周囲と特別仲よくする必要はないと思う。誰に対してもフラットに接する。ただそれだけで、人間関係で消費するエネルギーはかなり抑えられるんだ」

「エ、エネルギー、ですか……考えたこともなかったです」

「だって、全ての人と仲よくするなんて到底無理な話でしょ。俺だって苦手な人はいるし、俺を苦手としている人だっている。それはもうどうしようもないし、悩んだって仕方ないしさ」

誰とでも仲よくできそうな宇津野さんでもそういう人がいるのだと知り、普通に驚いた。

「私だって悩みたくなんかないですよ。気にしたって仕方ないってわかってもいます。でも、やっぱり実際にキツい視線を向けられたりすると、胃がきゅうって掴まれたみたいに苦しくなるんです」

「だから、転職しようよ」

「〜〜〜か、簡単に言わないでください……!!　転職活動するには平日に休まないといけないじゃないですか。その休みを取るのもキツいんですよ……」

「そっか、困ったねえ」

本気で困り顔をする宇津野さんだが、今、私は彼に対して今までとは違う思いを抱いていた。

――なんかこの人……職業柄もあるかもしれないけど、しっかり自分の考えを持ってるんだな……

目の前にいる宇津野さんのジャケットで光る弁護士バッジが、やけに輝いて見える。

「じゃあ、転職活動中は俺のところに来るとか？」

「……は？」

いきなり話が別の方向に行ったので、気の抜けた声が出てしまう。

「ほら、次の仕事が決まるまで収入がなくなるでしょう。その間、俺のところに来れば生活の心配はなくなるよ。俺は鷹羽さんと一緒にいられて幸せだからお互いＷｉｎ《ウィン》－Ｗｉｎ《ウィン》でしょ」

名案だ、とばかりに胸を張る宇津野さんに、呆気にとられる。

「いや、そういうのは、付き合ってから言うものでしょう。それに私、今の会社を辞める気はないので」

なんでそういう話になるのだ。そもそもまだ、付き合うかどうかの返事もしていないのに。

「だから付き合いましょうという提案です。いかがでしょう。俺、結構尽くすタイプだよ？」

「尽くすって……」

言われてすぐ、エプロンをしてご飯を作っている宇津野さんの姿が頭に浮かんだ。

可愛らしいエプロンと、背の高い宇津野さんとの対比が可笑《おか》しくて、思わずぷっと噴き出してしまう。

その様子を目にした彼が、えっ、と目を丸くする。

「なんで笑ってるの？　今の会話に笑うところなんかあった？」

「す……すみません、ちょっと、宇津野さんが可愛いエプロンをして料理してる姿を想像してしまって……ビジュアルが面白かったです」

「何それ……」

お互いにカップを持ったまま、二人で笑ってしまった。

こうやっていると、なんだか私達は気の合うカップルのように見えるかもしれない。

「で、どう？　話してみてちょっとは楽になった？」

「まあ……そうですね。さっきよりはいいです」

なんせさっきはメンタルどん底だったからね。

こういうのって溜め込まずに、吐き出した方がいいって聞くけど、本当にその通りなんだと実感する。

「うん、さっきより表情が明るくなったね」

宇津野さんがホッとしたように笑った。

「多分、鷹羽さんのいう相手はちょっと厄介かもしれない。でも、その周りにいる人はどうだろう。もしかしたら、君と同じように仕方なく一緒にいる可能性だってある。実際、その人が産休、育休で不在の間は平和だったんだろ？」

「そうですね。……そうか……」

彼の言うことには一理ある。

私があのグループとの交流を拒否しているからわからないだけで、あの中にいる人も酒井さんの言動に困っているかもしれない。その可能性は大いにある。

「鷹羽さん以外にもその人に困っている人はいて、いつ、誰が爆発してもおかしくない状態なのかもしれない。そう考えると、悩んでいるのが自分だけではないと思えて少し楽にならない？」

「なる……けど、あの人の顔を見たらまた同じ気持ちになります……」

「それと、今日の帰りに鷹羽さんに物申した人？　俺は、結構いい人なんじゃないかなって思う」

「え……そうですか？　でも、私を見る目が冷たかったですけど……」

帰り際の住野さんを思い出したら、また胸にモヤがかかる。

「だって、ちゃんとその厄介な人と鷹羽さんのやりとりを見てるってことでしょ？　もし鷹羽さんが厄介な人をパワハラで訴えた時、その人は証人になってくれる可能性がある」

「それは、どうだろう……そこまではしてくれないんじゃないかな。私、きっと彼女に好かれてないだろうから」

宇津野さんが、ふっ、と鼻で笑う。

「鷹羽さんは、一つ悪いことがあると全部を悪く考えるタイプなんじゃない？」

「え。そんなこと、ないと思いますけど……初めて言われました」

「慎重になるのは悪いことじゃないけどね。でも、考えすぎて動けなくなって体調を崩したら本末転倒でしょ？」

「うっ……それは、そうですね……」

思い当たることがありすぎて、同意せずにはいられなかった。

「パワハラ被害者が我慢すればするほど状況は悪くなるんだよ。まずは声を上げることから始めてみてはどうかな」

「考えてみます……」

「話なら俺がいくらでも聞いてあげるから、付き合っちゃおうか」

なんとも人懐《なつ》っこい笑顔で、私から「うん」という言葉を引き出そうとする。

せっかく見直したのに……

「……慣れてますね……いつもそんな風に女性を口説いてるんですか？」

ジトっとした視線を送ると、ないない、と否定された。

「そういうのは自分なりにわきまえているつもりなんで。気のない人には絶対に言わないから」

「さては、過去に誤解されて苦労した経験があるんですか？」

これは図星だったのか、宇津野さんが視線を下げ、額に手を当てた。

「なんでわかるの。鷹羽さん、エスパー？」

「わかるでしょ……宇津野さんモテそうだし。きっと、今までにたくさんの女の子を泣かしてきたんだろうなって」

「いや、そんなことないって。俺、仕事とプライベートは完全に分けてるから。事務所の人にはこんなにフランクに接してないし」

——とか言ってるけど、本当かな～～？

「……ま、いいや。とりあえず今日は、鷹羽さんが元気かどうかを確かめに来ただけなんで」

「本当にそれだけのために来たんですか？　わざわざ会社にまで？」

「だってそうしないとわかんないでしょ。会社に電話しようかとも思ったけど、鷹羽さんは嫌がるかなって。驚かせたのは申し訳ないけど、元気そうで安心したよ」

「ご心配をおかけして申し訳ありませんでした……」

電話を無視したことは素直に申し訳なかった。

だから再度ちゃんと謝った。

「申し訳ないと思ってるなら、俺のお願いを一つだけ聞いてもらってもいいかな？」

「んん……？」

——ていうか、電話に出なかったのは私が悪いけど、いきなり会社に来られたりして私もそれなりに驚かされているんだけど……

気にはなったけど、ここでそれを言ったら宇津野さんのことだ。きっとまた言いくるめようとするに違いない。

面倒臭いので、もういいやという境地になる。

「わかりました。なんですか？　もちろん私が叶えられるものに限りますけど」

「大丈夫、できるできる。ただ一日デートするだけだから」

――デート!?

軽い気持ちでOKしたら、そうくるか。

「な、何をしようっていうんです……？」

「そんなにビクビクしなくても。普通だよ。普通に俺の車に乗って、ちょっと遠出するだけ」

――宇津野さんの車!!

思わず反応してしまったら、宇津野さんがにやりとした。

「鷹羽さんは犬派？　猫派？」

なんだ、急に。

「犬派です」

「よかった。実は、隣県の大型ショッピングモールでイベントがあってね。一芸を持つ犬達のショーなんだけど、そこに知り合いが出るんで誘われてるんだ。よければそれに、一緒に行ってもらえないかな、と……」

ちら、と宇津野さんが私を窺う。

「へ、へー……イベントですか。楽しそうですね……」

表向きは冷静に返した私だが、内心は違う。

——うっわー。犬めっちゃ好き……!! しかも宇津野さんのマイカーで行くんでしょ!? 憧れている車に乗って、大好きな犬を見に行くなんて、これ以上の幸せはない！

近年これほど興奮したことがあっただろうか……いや、ない。

「わかりました、行きましょう」

真顔できっぱり返事をしたら、なぜか声を出して笑われた。

「ふははは っ！ 鷹羽さん、絶対めちゃくちゃ犬好きでしょ！ イベントって聞いた瞬間、表情が変わったし。隠さなくたっていいのに」

ズバリ指摘されて、恥ずかしさで顔が熱くなってきた。

「なっ……！ か、隠してるわけじゃないですよ!! 立場上、誘われてキャッキャするのはおかしいから……」

「え、なんで。おかしくないよ？ 俺の前では素の鷹羽さんを見せてほしいんで」

「いやあのだから。まだ付き合うことにＯＫしてませんからね！ そこんとこはお間違えなきようお願いします」

硬いな～、と宇津野さんが笑う。

「でも、そういうところも好みだからなんも言えねえや」

彼がぼそっと漏らしたこれまでと違う口調の一言に、心臓がドッ！　と跳ねた。

――そ、そういうこと言われると、気持ちが揺らぐんでやめてもらいたいんですけど……！

「あの、用件がお済みなら、いいですか。そろそろ……」

耐え切れなくなって切り出すと、宇津野さんも腕時計に目をやり、「そうだね」と同意した。

「俺もこのあとまた事務所に戻らないといけないんだわ。そろそろ行かないとヤバい」

「えっ!?　仕事中だったんですか!?」

「だって、そうでもしないと鷹羽さんに会えないでしょ。あ、カップ捨ててくるよ」

「ありがとうございます……」

素早くカップを片付けに行ってくれた宇津野さんの背中を目で追う。

――背中が広くて、スーツが似合うなあ……

普通に格好いい男性だと思う。性格もまあ、嫌いじゃない。

私、なんでこんなハイスペックな人に告白されているのに、付き合うことを渋っているんだろう。もし他の人がそれを知ったら、勿体《もったい》ないとか宇津野さんに悪いとか彼が可哀想とか、ぼろくそに言われそうだ。

でも休日はデートじゃなくて部屋で休みたいし、一人でドライブにも行きたい。平日は仕事をするので精一杯だし……と考えると、今の私に恋人を作る余裕なんてないんだよなあ……

うーん、と大いに悩みながら、バッグを肩にかけてカフェを出た。

ここで別れるつもりでいたので、改めて宇津野さんにお礼を言おうとした。

「あの、宇津野さん……」

「あれ、鷹羽さんじゃない？」

斜め後ろから聞こえた声は、会社で聞き慣れたあの声だ。途端に背筋がゾッとして、反射的に振り返った。

「やっぱり。鷹羽さんじゃない。会社帰り？」

自転車を押しながら私に話しかけるのは、酒井さんだった。自転車のかごの中には食料品の詰まったエコバッグが入っている。どうやら駅のすぐ近くにあるスーパーで買い物をした帰りらしい。

――最悪。

まさかこんなところで一番会いたくない人に遭遇するとは。つくづく今日は、運がない。

「あら。何。こちらの方は……鷹羽さんのお知り合い？」

落ち込んでいる場合じゃなかった。今、自分は宇津野さんと一緒だった。

そのことを思い出したら寒気は悪化。私は宇津野さんを見て、小さく首を横に振った。

そんな私の様子に、宇津野さんは何かを敏感に感じ取ったらしい。瞬時に笑顔になり、酒井さんに会釈《えしゃく》をした。

「ええ。彼女の友人で宇津野といいます」

どう考えても営業スマイル。でも、さすがだなと感心する。

宇津野さんを前にした酒井さんは、案の定というか彼に見惚れていた。

「え、何、鷹羽さん、こんな素敵な男性とお知り合いなの？　どこで知り合ったの？」

それを今ここで話さなくてはいけないのか。そう思うだけでげんなりする。

「あ、えーっと、駅で具合が悪くなったのを助けていただいて。そこからですね」

変に誤魔化す気力も体力もなかったので、正直に話した。すると、なぜか酒井さんの顔に嫌な笑みが浮かんだ。

「へえ……そうなんだ。体が弱いといいことがあるのねえ」

酒井さんの嫌味に顔が引きつりそうになる。

――またよこの人。目の前に第三者がいてもお構いなしなんだもんなあ……

ある意味ブレなくてすごいと、違う意味で感心する。この間、宇津野さんは無言だった。

「こんな格好いい人と出会えるなら、私も体が弱くなりたかったなあ～」

ちょっとふざけた感じの、冗談とも本気とも取れる酒井さんの言葉。私にとっては毎度のことなので特にリアクションはしない。

だけど、その言動に腹を立てた人が目の前にいた。

「失礼なことを言う人ですね」

「……え？」

酒井さんが宇津野さんを見る。

「初対面でこんなことを申し上げるのはどうかと思いますが、あまりにデリカシーというものがなさすぎではありませんか」

「はっ⁉　わ、私に言ってるの⁉」

酒井さんが驚きの声を上げる。

「あなた以外にいないでしょう。体が弱くて悩んでいる彼女の気持ちを考えたことがありますか？　今の言葉を、重病でずっとベッドに寝たきりの患者さんの前で言えます？　言えないですよね？　常識として、そういったことは軽々しく口にすることじゃない」

「なっ！　そんな、重い病気を患《わずら》っている方と鷹羽さんじゃ病気の度合いが違うじゃないですか！　そもそも、比べることがおかしいでしょう？」

「それでも、体が弱くなりたいなんて、それで悩んでいる人の前で言う言葉じゃない。相手の気持ちを考えたら普通は言えないはずです。それを平気で口にするということは、普段から鷹羽さんの病を軽視しているのではないですか？　だから、軽々しく言ってのけた。違いますか」

「えっ……そ、それは……そんなこと、ないですけど……」

「じゃあ、謝罪してください」

きっぱりと酒井さんに言い放った宇津野さんに、こっちが呆気にとられる。

――い、今目の前で何が起こっているの……？

宇津野さんに謝罪を求められて、酒井さんが顔を赤らめる。多分、こんな風に怒られたことなんてないのだろう。初めて見る顔だった。

「ご、ごめんなさい……」

「いいでしょう。今後こういうことは控えてくださいね。謝るだけでは済まなくなりますよ。では、私達はこれで」

宇津野さんに腰を押され、歩くよう促《うなが》される。

――まさか酒井さんが謝るなんて……

今まで望んでもみたことがない状況に驚き、放心状態だった。でもすぐに、明日、酒井さんに何を言われるのだろうと不安に襲われる。

「う……宇津野さん!!　なんであんなこと……」

「あの人ですか、あなたの悩みの根源は」

「そうですよ！」

やっぱり、と宇津野さんがため息を漏らす。

「あれは酷い。あの人の言うことなど気にしなくていい」

乱暴な物言いに驚く。

彼がこんなことを言うなんて考えてもみなかった。

「そ、そう言われても……一応、同僚なので……」

「あんな相手に悩むなんて時間が勿体《もったい》ないよ。悩むんだったら俺のことにしてくれ」

「は⁉」

それもどうなの？　と突っ込みたくなる。でも、宇津野さんを見たら、これまで見たことがないほど険しい顔をしていたので、そんな気が失せた。

この人、今、すごく怒ってるんだ。

宇津野さんと会うのも何度目かになると、彼の感情が少なからずわかるようになっていた。

――怒ってくれるのは嬉しいけど、これはこれで対処に困るなあ……

とりあえず、話題を変えないといけない。だから、さっき彼から提案のあったデートの話をすることにした。

「あの……さっきお話のあったイベントのことですが、いつですか」

「え、ああ……今度の週末です。よかったら鷹羽さんのアパートの前まで迎えに行きますよ」

「ありがとうございます。じゃあ、お言葉に甘えさせてください」

今の宇津野さんに反抗する気にはなれなかった。

だってこの人、私の代わりにあんなに酒井さんに怒ってくれたから。

あんなことされたら、普通に、好感を抱《いだ》かずにはいられないと思う。少なからず、私は今、宇津野さんに対して感謝の気持ちでいっぱいだった。

うっすらだけど、この人が一緒でよかった、なんて思い始めている。

そんな自分に驚きながら、早足で駅まで歩いた。

改札の近くまで来て、やっと宇津野さんの足が止まった。

なぜか私を隠すように背後に回り込んだ宇津野さんが、来た道を振り返った。

「あの人こっちに来てないよな」

そういうことか。酒井さんのことを気にしていてくれたんだな。

「あー、大丈夫だと思います。酒井さんは確かこの駅が最寄り駅なので、電車は利用しないと思いますし」

「そう。それならいいんだけど……なんか、ごめん。俺の方が熱くなってしまった」

「いえ、いいです。代わりに怒ってくれて嬉しかったので」

これは本心だ。

あそこで宇津野さんが怒ってくれなかったら、きっと私は更に背中に重い鉛《なまり》のようなものを背負って帰宅する羽目に陥《おちい》っていたと思う。宇津野さんのおかげで、ちょっとだけ胸がスッとした。

「宇津野さん、優しいですね」

「まあ。俺は、好きになった人は全力で守るし、甘やかすし、甘えるから」

途中まで格好よかったのに、最後の一言でガクッとなる。

「甘えるんだ」

「そりゃ、俺だって甘えたくなるさ。人間だもん」

なんだか今日の宇津野さんは可笑《おか》しい。さっきから笑ってしまうようなことばかり言う。

クスクス笑ってから、改まって彼と向き合った。

「いろいろありがとうございました。じゃあ、イベント、楽しみにしてます」

会釈《えしゃく》して改札に向かおうとしたら、いきなり手首を掴まれた。

「へ？」

「あ、ごめん。あのさ、電話じゃなくて、メッセージを送りたいんだけど」

言われてすぐ、ああ、と納得した。確かに電話よりそっちの方が気は楽だ。

友人以外とはやらないメッセージアプリを開き、彼のＱＲコードを読み込んだ。

【宇津野基紀】

新しく登録された名前に、思わず口元が緩んだ。

――フルネームでやってるんだ。ふうん……

仕事でも使ったりするのかな、なんて思いながら試しにスタンプを送ってみる。

よろしく！　とキャラクターと共にメッセージが添えられたよく使うスタンプ。それを見た宇津野さんが、なぜかにんまり笑う。

――あれ。へ、変だったかな？

「じゃあ、今夜から電話でなく、メッセージを送るので、よろしくお願いします」

「はい、わかりました……」

「じゃっ！」

軽く手を上げた宇津野さんが、パパッと周囲を見回すと、素早く人の波をすり抜けていった。

どうやら忙しいのは嘘ではないらしい。

——忙しいのに、わざわざ会いに来てくれたの？　なんでそこまで……

そこまでするくらい、私に本気ってことなのかな。

「………あれ？」

おかしい。私、今になってドキドキしてきたんだけど。

本人は目の前にいないのに、なんでこんなことになってるんだか。

これじゃまるで、宇津野さんのことが好きみたいじゃないか。

——ちょ……ちょっと……

「落ち着こう……」

とりあえず、帰宅することにした。好きかどうかは今度彼に実際会った時に考えればいいか。

宇津野さんは宣言通り、しっかりその日にメッセージを送ってきた。

【今日はありがとう。待ち伏せしてごめん】

また謝ってきたところからして、申し訳ないという気持ちはあるらしい。

それと別の日には、こんなメッセージもあった。

【あの人からまたなんか言われたりしてない？】

「……よく気が付くわね……」

確かに、宇津野さんと酒井さんが対面した翌日。彼女から私への風当たりはいつも以上に強かった。

『ちょっとさあ～、なんなのあの人⁉　顔がいいからって調子乗ってんじゃないの？』

翌朝、顔を合わせた途端に食ってかかってきた。

私も言いたいことは山ほどあるが、全部呑み込んですみません、とだけ言っておいた。

酒井さんは自分が言ったことを完全に忘れているのがすごい。ある意味、強メンタルだと思う。

とりあえず、たいしたことは言われてません、と返信しておいた。正直に話して、また宇津野さんがぶちギレたら大変なことになりそうだから、今は言わなくていいかな。

他愛ないメッセージに、他愛ない返事をする。

これまで放棄していた異性との交流というのは、始めてみるとなかなか楽しいものだった。まだやりとりを始めて二、三日しか経っていないけど、寝る前の楽しみになりつつある。

毎日のように着信があった時は、楽しいなんて全く思えず、むしろ怖さしかなかったのに。

自分の中で少しずつ、着実に大きくなりつつある宇津野さんの存在を感じながら、デートの当日はやってきた。

早めに起きて、軽く朝食を食べてからメイクスタート。この前、少し濃いめのメイクをしていったのに、怯《ひる》むどころか「いい！」と言ってくれた宇津野さんを思い出して、クスッとした。

——まあ、今日は目的地がショッピングモールだからなー。あんまり濃いメイクをしていっても浮きそうだし……

この前よりは控えめのメイクを施《ほどこ》し、服装もデートを意識した感じではなく、動きやすさ重視でカーゴパンツにした。少々ボーイッシュかもしれないが、まあいいか。

しかし、宇津野さんが迎えに来てくれる時間が近づくにつれ、そわそわして気持ちが落ち着かなくなってくる。

「大丈夫かな……宇津野さん、アパートの場所わかるかなー……」

私の住むアパートは住宅街の中にある。アパートの前の道路も、車二台がすれ違うので精一杯の道幅なので、宇津野さんの車の大きさだとかなりキツいはずだ。

昨夜、寝る前の日課となったメッセージのやりとりで、本当に場所はわかるのか、よければ大通りまで出て待っている、と念を押したのだが、宇津野さんは大丈夫の一点張り。

じゃあ、お任せします……とメッセージのやりとりを終えたのだが、今になってまた不安が押し寄せてくる。

——やっぱり、大通りまで出てようかな。その方が宇津野さんもわかりやすいはずだし……

急いで彼にメッセージを送るが、いつまで経っても既読がつかない。

――も、もう家出ちゃったのかな。どうしよう。

落ち着かず、スマホを手にしたまま部屋の中をうろうろする。しばらくしてスマホが震えたので、ものすごい速さで画面に視線を移した。

宇津野さんから返ってきたのはメッセージではなく、着信だった。

「もしもし、宇津野さん？　もう家を出てます？」

応答をタップして、彼の声が聞こえてくる前に話しかけた。

私がすぐ電話に出たので、少なからず彼は驚いているようだった。

『びっくりした。出るのめちゃくちゃ早くない？　ちなみに、家はとっくに出てるよ』

「じゃあ、今どこにいるんですか？　やっぱり私、大通りまで出てようと思って……」

『あー、それなら大丈夫。俺今、鷹羽さんのアパートの近くを歩いてるから』

――歩いて……る？

「え？　車は、どこに……」

『マップで調べて、近くのコインパーキングに置いてきた。今は、散歩中。もうすぐ鷹羽さんのアパートの前に到着するよ』

「なんだ……よかった」

心配していたことが全部解消されて、どっと気が抜ける。

「じゃあ、私も外に出ますね」

通話を終えて、荷物を持って部屋を出た。私が住んでいるのは二階建てアパートの二階。建物の中央にある階段を下りて宇津野さんの姿を探すと、通りの向こう側から歩いてくる男性の姿が見えた。

今日の宇津野さんは、ブラウンのシャツとベージュのチノパン。チノパンは幅が太いタイプで、足元はスニーカーだ。

この前ビストロに行った時の服も格好よかったけど、今日はまたがらりと装《よそお》いを変え、スポーティな雰囲気になっていた。

――はっ。なんか、意図せず似たような格好になっているような……

私もパンツで、足元はハイテクスニーカー。特にお互い示し合わせたわけじゃないのに、なぜ。

意識した途端、恥ずかしくなって歩いてくる宇津野さんを直視できずにいると、たったった、と軽やかに走ってくる足音が近づいてきた。

「鷹羽さん、お待たせ」

息一つ切らすことなく、宇津野さんが私の側に来て微笑んでいる。

「おはようございます」

挨拶《あいさつ》すると、彼もおはようございますと返してくれた。

「……あれ。今日の鷹羽さんの格好、俺と似てるね」

私が思っていたように、宇津野さんもそれに気が付いたようである。

「そうなんですよ。遠出するから楽な方がいいかなって思ったら……」

「考えることが同じか。俺達、気が合うみたいだね？」

微笑む宇津野さんに釣られそうになるけど、恥ずかしさもあって我慢したら、ぎこちない変な笑みになって後悔した。

——笑いたいなら素直に笑おうよ、私……

「じゃ、い……行きましょうか……駐車場はどこですか？」

「あー、向こう。大通りから入ってすぐのところにある」

言われてすぐどの駐車場かわかったので、あそこですかー、とか近くにある別のコインパーキングが結構安くて穴場ですよとか、しばらく駐車場トークで盛り上がる。

「そういや鷹羽さんはどこに車置いてるの？」

「アパートの裏の駐車場です。大家さんの持ち物だから、この辺の相場よりも安くて便利なんです」

「なるほどね～」

駐車場に到着してすぐ、どれが宇津野さんの車なのかすぐにわかった。

「うわ……！　格好いい……!!」

彼が乗っている車は私の想像通り、海外の自動車メーカーが出している大型ＲＶ車。

一度は乗ってみたいと思っていた車が目の前にある。それが私をかつてないほど興奮させた。

「すごーい、いい!!　中もいいですね!　インパネもいいな……!!」

インパネというのは「インストルメントパネル」といい、スピードメーターなどがある部分のことだ。どういうものが格好いいという定義は特にないので、単に私から見て格好いいというだけ。あくまで主観の問題である。

助手席に乗せてもらって、はっきりいって宇津野さんのことはそっちのけで車ばかり見ていたら、隣から笑い声が聞こえてきた。

「ぷっ……鷹羽さんも興奮するんだ……なんか、可愛いな」

「えっ。そりゃ、好きなものを見れば興奮くらいしますよ。可愛いとか、無理につけなくていいですから」

「無理にじゃない。そう思ったから言ってるだけ。じゃあ、行きますか」

ギアに手を置きながらさりげなく本音を口にする宇津野さんに、なんだか言葉が出ない。

——この人、呼吸をするように甘い言葉を吐くなあ……

この前ビストロで食事をした時は、一緒にいたのは二時間もない。でも、今日は一日近く一緒に過ごすことになるのだ。その間、こんな感じで甘い言葉ばかり聞かされ続けたりするのかな。

そうなったら私、平常心でいられる自信ないな。

先日、酒井さんと宇津野さんがやり合った日。唐突に、宇津野さんにドキドキした。それはもう、好きなんじゃないかと錯覚しそうになるくらいに。

だから今日は、実際に会って、自分の気持ちを確認するつもりでいるのだが……今のところ、よくわからないというのが本音だ。

——今はどっちかというと車の方に興奮しちゃってるからなあ……

車と宇津野さんを天秤にかけているのは大変申し訳ないが、根っからの車好きなので、こればかりは仕方がない。

大好きで憧れてるけど、自分で運転するにはちょっと緊張を覚える大きな車。それを宇津野さんはどう操るのかを見るのが、ある意味今日一番楽しみというか、興味のあることだった。

男性社員が大きな車を操るのは、これまでに数え切れないほど見てきた。そのたびに、彼らの絶妙なハンドルさばきに見惚れることが何度もあったけど、今日の宇津野さんも同じ。

会話をしながら、大きな車をすいすい操る。狭い道や、交差点でのハンドルさばきは熟《こな》れていて、ぎこちなさは一切感じない。

——格好いいなあ……これ、運転している姿だけで惚れちゃう人とか、いるんじゃないかな。

手だけ見てれば私だってうっかり惚れそうになる。まあでも、宇津野さんの場合は手やハンドルさばきだけじゃなく、顔もいいので惚れられる確率は高いだろう。

——って、何を考えてるんだ、私は……

さっきから車だけじゃなく、宇津野さんのどういうところが格好いいとか、そんなことばかり考えている。おかしい。やっぱり変だ。

あれかな、憧れの車に乗せてもらっているせいで、ちょっと変なテンションになっているのかもしれない。

「さっきからなんだか静かだねー、鷹羽さん」

前を向いて運転しながら、宇津野さんが私を窺ってくる。

「すみません……その……憧れてた車に乗せてもらったら、緊張しちゃって……」

「そんなに好きだったんだ。じゃあ、ゆくゆくは買うつもりだったの？」

「いえ、この車は私では維持できないので買う予定はないです。これを買うとしたら、私、実家のある田舎《いなか》に帰らないと」

実家は敷地が広いので問題なく車を停めることができるし、家賃の負担もない。なんせこの車は大きくて格好いいけれどその分燃費が悪いので、燃料代がバカにならない。どうしても乗りたいのであれば、そういう選択をしないといけないということだ。

田舎《いなか》に帰る、なんて口にしたせいだろうか。宇津野さんが真顔になる。

「実家って遠いの？」

ここから車で二時間もかからない隣県の田舎《いなか》町だと答えた途端、わかりやすくホッとしたように頬を緩ませた。

「そうか。帰る、なんて言われるとこっちがびっくりする」

「いや、あくまで買うのであればの話ですよ。今のところ買う確率はかなり低いですし、帰る予定なんかもっと低いです」

「なんだ……今、一瞬で追いかけるにはどうするか、ってとこまで考えたのに。まあ、弁護士なんて仕事はどこでだってできるから、問題ないといえばないんだけど」

――お、追いかける……？

何気なしに宇津野さんが発した言葉にギョッとする。

「ちょっと……何さりげなくすごいこと言ってるんですか。追いかけるなんてやめてください。私の実家があるところってすっごく田舎《いなか》なんですよ。新幹線も通ってないし、中心部だって常に店に閑古鳥《かんこどり》が鳴いているようなところなんですからね。弁護士さんの仕事だってあるかどうか……」

「いやいや、人がいる限り弁護士を必要とする出来事は起きるからね。企業の案件は少なくても、個人からの依頼ならありそうじゃない？」

「楽天的ですね……田舎《いなか》なんて、本家がーとか分家だからーとかの家問題はあるし、地域の結びつきが強すぎて個人情報が筒抜けだったりするんですよ？」

「え。何それ。怖いな」

さすがの宇津野さんも、これには表情を強張《こわば》らせた。

「でしょう？　そういうのがいいって言う人もいるけど、私はあまり……」

「なるほど。じゃあ、当分鷹羽さんが実家に帰ることはないか」

「……なんとも……ただ、もし今の職場を辞めるなら、職探しをしている間一時的に田舎《いなか》に引っ込む可能性はあるかなと」

酒井さんの言動が今以上に酷くなったら、多分そういうことになるかもしれない。

ため息まじりにそう漏らすと、宇津野さんがえっ、と声を上げた。

「その場合は俺のところに来ればいいって、この前話したでしょ」

「えっ。あれ、本気で言ってたんですか」

「マジマジ。養う準備できてるから、いつでもこの胸に飛び込んでおいで？」

運転しながら涼しい顔でそんなことを言ってのける。そんな宇津野さんに返す言葉がない。

——なんか……言い方が軽いから、いまいち本気かどうかが読めない……

多分今、私の顔、能面みたいになっていると思う。

そんな能面顔を見た宇津野さんが、素早く眉根を寄せた。

「うわ何その顔。全く信じてないでしょ」

「だって……言い方に真剣味を感じないんで……」

「真剣に言えば信じてくれるの」

今までと声音が違う。違和感を覚えて隣を見ると、今までと違う雰囲気を醸《かも》し出している真顔の宇津野さんがいて、息を呑んだ。

これは冗談じゃない。この人、本気だ。

――本気の宇津野さんに真剣に口説かれたら……私、どうなるんだろう……？

想像したら……首の周りがゾクゾクした。私、興奮してる。

咄嗟《とっさ》に両手で首を覆った。ゾクゾクしているのが隣の宇津野さんに見えるわけはないけど、なんだかこうしておかないと落ち着かない。

「し、信じますから、大丈夫です……」

無理やり会話を終わらせることしか思いつかなかった。

「大丈夫って」

クスクスと彼が笑ってくれたから、ちょっとだけ気持ちが落ち着いた。

彼の言葉でこんなに感情が揺さぶられる。

これって、やっぱり好き、なのかな……

いい年をしてこんな疑問を抱くなんて。どれだけ恋愛をおろそかにしてきたのだろう。

でも、隣にいる宇津野さんの横顔だったり、ハンドルに置かれた大きな手を見ているだけでドキドキしてくる。

この前まではときめくどころか怪しんでいたのに……人の気持ちって短期間でこうも大きく変わるのかと、自分でもびっくりする。

――ド……ドキドキするような話題に持っていくのは、心臓に悪いからやめよう……

今日は自分の気持ちを確認するつもりで来たのに、初っ端《しょぱな》から逃げ腰になっている。

長年恋愛から遠ざかっていたせいなのか、どうも思うようにいかない。でも、せっかく遠出するんだし、気持ちを切り替えて今日はデートとイベントを楽しむことに集中。そう決めた。

時間短縮のためと高速道路に乗ったが、目的地までは一時間以上かかる。だから、犬のイベント関連で、どんな犬種が好きなのか、過去に飼ったことはあるのか、など当たり障りのない話題を選んで、宇津野さんとのドライブを楽しむことにした。

ちなみに私は、子どもの頃実家で柴犬を飼っていた。主《あるじ》である父や、ご飯をあげる母には従順だったけど、私や妹、弟にはあまり懐《なつ》かなかった。でも、その犬が亡くなったあと、母が寂しさに耐えきれずミニチュアダックスフンドのオスを新たに家の一員に迎えた。この子が人懐《なつ》っこくて、可愛くて、すぐさま我が家のアイドルになった。その子は、今も実家にいる。

「人間に換算したらもうおじいちゃんなんですけどね。目も白内障で見えにくくなってるのに、変わらず元気で可愛いんです」

話していたら飼い犬のことを思い出して、実家に帰りたくなってきた。

――やばい……これでイベント行って実際に犬を見たら、ますます茶太郎《ちゃたろう》（オス・十五歳）に会いたくなっちゃうかも……次の週末、実家に帰ろうかな。

窓の外を見ながらぼーっと茶太郎のことを思い浮かべていると、隣から声がかかった。

「どうしたの。犬のこと思い出して寂しくなっちゃった？」

「……なんでわかるんですか……」

「わかるさ。好きな子が考えてることなんて、手に取るようにわかる」

——これ、本当かな。それともハッタリかな？

「私のことなんか見てなくていいから、ちゃんと前を向いて運転してくださいよ。ここ、高速なのに……」

「見たとしてもチラ見程度だって。それよりも気配でわかるんだよ。なんていうの、哀愁漂《あいしゅうただよ》ってるっていうかさ」

「……気を付けます……」

私が何か言うと、彼がクスクスと笑う。その様子が、本当に楽しそうだったので私もまんざらじゃない気分になる。

一緒にいる人が楽しそうにしてくれてるのって、いいな。

少なくとも酒井さんみたいに、同じ空間で機嫌悪そうにしている人より断然いい。

途中のサービスエリアで休憩がてら飲み物と、ホットドッグを食べた。お昼ご飯にするには量が少ないから、おやつみたいなものだと宇津野さんは言う。

「宇津野さんはこれだけじゃ、ぜんっぜん足りないですよね」

「まあね。でも俺、そこまで大食漢じゃないよ」

食べ終えて車に戻り、彼が再びハンドルを握る。

もしよければ運転代わりますよ、と申し出たけど、やんわりと拒否された。

「いいって。今日は俺の予定に付き合ってもらってるんだし、これくらいはさせて」

「じゃ、じゃあ……引き続きよろしくお願いします」

はい、と礼儀正しく頭を下げた宇津野さんは運転を続け、いよいよ目的地が近づいてきた。

遠くからでも大きさがわかるほどの大型ショッピングモール。その一角にあるイベントスペースで、今日の催《もよお》しが行われる。

イベントの時間まではまだ少し余裕があるので、とりあえず駐車場に車を停め、モール内を見て回ることにした。

モールの入り口にあるフロアマップを手に取り、どこに何があるのか眺めていたら、いつの間にか隣に移動した宇津野さんが、私の手元を覗き込んでいた。

「広いな。これ、一日で見て回れるのかな」

「ワンフロア歩くごとに一回休憩を挟めば、いけるんじゃないですか」

「なるほどね。足がパンパンになりそうだな」

特に買い物をする予定はなかったので、まずは一階からぶらぶらと歩いてみることにする。

「宇津野さんは、何か買う物あります？　あれば見に行っていいですよ」

「それは……どういうこと？　別行動しようってこと？」

「……だって、女物の服とか、小物を見ても楽しくないでしょう？」

「全然。めちゃくちゃ興味ある」

真顔で断言されて、返答に困る。

「……えっと、じゃあ……私が気になるところがあれば、そこに入りますけど……いいですか？」

「どうぞどうぞ」

笑顔で、しかも私と体が少しだけ触れ合う距離で並んで歩く宇津野さんを、意識せずに歩くのはなかなか難しい。

【まあ。俺は、好きになった人は全力で守るし、甘やかすし、甘えるから】

しかも以前言われた台詞《せりふ》を思い出して、一人でドキドキしてしまった。

——まだデートはこれからだというのに、こんなんじゃ……夕方まで私の精神が持つかどうか……

今は意識するな、耐えろと自分に言い聞かせる。

どうにか気持ちをフラットにして、周囲を見回す。すると名前だけは知っていたキッチン雑貨の店を見つけて、自然と足がそちらへ向いた。

「あ、ちょっとここ……行きたいです。いいですか？」

「はいはい、どうぞ」

店を見た瞬間、会社に持っていくお弁当箱や水筒が頭に浮かんだ。

——水筒、何度か落っことして部品が欠けているところがあるんだよね。

最新の水筒がずらりと並んでいるコーナーに行き、じっくり眺める。

やっぱ軽いやつがいいなあ～、と思いつつ何個か手に取って重さを確かめ、一つに絞った。

その間すっかりほったらかしになっていた宇津野さんのことを思い出し、ハッとして周囲を見回し、彼の姿を探した。

——あ、いた。

先入観として、男性はキッチン雑貨に興味はないだろうと思っていた。しかし、意外にも宇津野さんは、シリコンでできたトングを手に取って眺めていた。

「すみません、すっかり自分の買い物に夢中で……宇津野さんは、トングですか？」

「んー……使いやすそうだなーって」

「料理、するんですか？」

「料理と言えるかどうか。パスタを茹《ゆ》でる時にトング使うでしょ。で、ソースはレトルト」

なるほど、と納得した。

「でも、ちゃんとパスタを茹《ゆ》でるの偉いですね。今、電子レンジでできるヤツとかありますよ」

「ええっ!?　そうなの!?」

なぜか宇津野さんが思い切り食いつく。

「はあ、まあ……この店にもあるんじゃないかな。あ……ほら、これ」

パスタを茹《ゆ》でることに特化した細長いタッパーのようなものを教えてあげたら、秒で「買う」と言って手に取っていた。

「即決ですか」

「だって、茹《ゆ》でてる時間って暇じゃん。それがこの商品を使えば、茹《ゆ》でている間は別のことができる。これであの暇な時間から解放されるなら、金なんて全く惜しくないね」

熱く語る宇津野さんが意外だった。

私が水筒、宇津野さんがパスタのレンジ調理用タッパーを購入し、ホクホク顔で店を出た。

「じゃー、軽くなんか食べる？　イベントが終わるの待ってたら食いっぱぐれそうだし」

それもそうだなと思い、近くにあったパスタの店に入った。

「パスタグッズを買ったあとにパスタの店に入る……さては宇津野さん、めちゃくちゃパスタ好きですね」

席に着くなり思ったことを言うと、宇津野さんが恥ずかしそうに笑った。

「俺、行動でバレバレだな。これでわかったでしょ。俺は、嘘がつけない性格なんだって」

「……そういうことにしておきますね」

弁護士さんだし、口が上手いのは当たり前だと思う。だからこの人の言うことがどこまで本気なのか、やっぱりいまいち信じ切れない。だけど、それでも多分、この人は私に嘘をつかないような気がした。

彼はアラビアータ、私はボロネーゼを注文し、一息つく。何気なく店内を見回すと、ほとんど満席の店内は女性客やカップルが多い。

――カップルは、恋人同士なのかなあ……

なんて思っていたのだが、傍《はた》から見れば私と宇津野さんも恋人同士に見えているのかもしれないと気付き、途端に恥ずかしくなった。

水を飲んで腕時計に視線を落としている宇津野さんは、どこからどう見てもイケメンで、しかも超ハイスペック。

自分がそんな人に告白されているなんて……これ、どんな状況なんだろう。

――私、この人に酷いことをしているのかな……

気持ちは多分、かなり彼に傾いている。

はっきり言って彼自身に問題は何もない。それなのに、返事ができない。結局何に引っかかっているかって、酒井さんのことや宇津野さんとのスペックの差くらい。

でも、本気で相手のことを好きになったら、スペックの差なんかどうでもよくなるよね？

それに酒井さんのことなんか、私今、何も考えてなかったし……結局関係ないじゃん……って。

……あれ？　てことは、私、宇津野さんと付き合ってもいいのでは。

だって私、宇津野さんのこと好きだよね？　だったら何も問題なくない？

「あれ……？」

目から鱗《うろこ》がポロリと落ちて、思わず宇津野さんを凝視する。

こんな行動をしたら相手だって気になるはず。現に宇津野さんも私の顔を見つめ、眉根を寄せている。

「鷹羽さん？　俺の顔になんかついてる？」

「えっ⁉　……い、いえ。なんでもないです……ちょっとぼーっとしてただけです……」

宇津野さんから視線を逸らして誤魔化した。

「疲れたんじゃない？　体弱いなら無理しないで。なんて、誘った俺が言うのもなんだけど」

「だ、大丈夫です！　私は車に乗ってただけですし……どっちかっていったら宇津野さんの方が疲れてるんじゃないですか。本当に大丈夫ですか？」

逆に問い返したら、宇津野さんが笑顔になる。

「えー、疲れるなんてそんな。そうじゃなくて、ずっと鷹羽さんと一緒だから緊張してるんだよ」

「またまた、そんな……宇津野さん、緊張とは無縁そうに見えますけど」

「そんなことはないです、普通に緊張します」

――って、言われても……

私は無言でテーブルに置かれたグラスを持つ。ひんやりしたコップを持ってると、なんだか落ち着く。

「ごめんね、いろいろ困らせてて」

「……え？」

すぐに聞き返すと、宇津野さんが口元を手で覆った。

「いや、あんまり困らせちゃいけないなって気を付けてはいるんだけど、こればかりは」

「大丈夫です。困ってなんかいませんよ」

少なくとも今は、と心の中で付け足した。

「どう考えても困ってるよね」

ははっ、と声を上げて笑う宇津野さんに釣られて、私も笑う。

――本当に今は困ってないんだけどなー。

先に運ばれてきたドリンクに手を伸ばし、喉を潤《うるお》す。私はまた今回もレモンスカッシュ、宇津野さんはジンジャーエールだ。

――ふー、レモンスカッシュ、美味《おい》しい……

レモンの酸味と強めの炭酸が喉に沁《し》みる。

「そういや例の人、あれからどう？」

少し声のトーンを落とした宇津野さんが、真顔で聞いてきた。

「え、あー……相変わらずです」

「もし、俺が言い返したせいで相手の行動がエスカレートしているようなら言ってくれ。ちゃんと対処法を考えて、なんとかする」

そう断言する宇津野さんに、目を見開く。

「なんとかするって、どうするつもりですか？」

「まずは正攻法で、正面切って話し合う。それがだめならパワハラで……」

「ひーっ!!　待ってください!!　あの人のことは私が自分でどうにか……する……（かもしれないし、しないかもしれない）ので、待ってください！　多分、宇津野さんが出てくると話がややこしくなるから……」

普通こんなこと言われたら、止める……と思う。さすがに自分の問題を、第三者の宇津野さんにどうにかしてもらおうなんて思わない。この前アドバイスをもらっただけでも、じゅうぶん嬉しかったし。

「ややこしくなるの、大いに結構。それを解決してなんぼの職業なんで」

「いや、本当に！　何かあればちゃんと相談するんで、それまでは大人しくしててください……」

「大人しくって。俺は犬か」

「犬のイベント見に来てるんで……」

私の返しに、宇津野さんが笑いを我慢している。

本当にもう、この人は……

弁護士になるくらいだから、正義感が強いのかな。

でも、私のことを本気で考えてくれて、どうにかするとまで言ってくれた。それは素直に嬉しかった。

パスタを食べて、少しまったりしてからイベント会場となる屋外のスペースに移動すると、もうかなりの人が集まっていた。

「なんか思ったより人が多い……」

「だね」

ステージから放射状に座席が広がるイベントスペースは、休日になると子ども向けのヒーローショーなどが行われる場所らしい。たまに別のショッピングモールでこういったショーを見かけることはあったけど、自分が催《もよお》しを見に来るのは初めての経験だった。

とりあえず空《あ》いている座席に腰を下ろし、イベントが始まるのを待つ。屋外だと聞いていたので帽子を持ってきて正解だった。

宇津野さんはというと、さっきからキョロキョロして誰かを探しているようだった。

——そういえば、知り合いがイベントに出るんだっけ？

「宇津野さんのお知り合いの方は……」

「うん、今探してるんだけど。ステージに上がる参加者は控え室があるのかな？」

「お知り合いはどのコーナーに出るんですか？」

プロカメラマンを招いての撮影会があるというのはさっきポスターで見たが、それに参加するのだろうか？

「あれ。言ってなかったっけ。一芸コンテストに姉が出るんだ。愛犬と一緒にね」

——……え？　お姉さんって、まさか……

「あの。もしかして私がお世話になっている先生ですか？」

「そうそう。今日はクリニックが休みだから応募したらしいよ」

「へえ……先生、どんな犬を飼われてるんですか？　犬種は……」

「ボルゾイ」

——えっ。ボルゾイって……あれ、だよね……

すらっとしていて手足が長く、座っている姿がすごく絵になる大型犬だ。画像などではよく見るけど、実際に見たことは数回しかないし、飼っている人も身近にはいない。

「すごい……格好いいです。どんな芸をするんですか？」

「フリスビーじゃないかな。上手いんだよ」

「へえ……なんだか楽しみになってきました」

話しているうちにイベントが始まり、司会の女性がテキパキと場を仕切っていく。出場者のトップバッターはお利口なチワワで、とにかく待てが上手だという。

へー、と思いつつ眺めていたのだが、実際は逆だった。どんなに待てをさせようとしても、飼い主が後ろを向いた瞬間におやつを食べてしまう。その瞬間、会場がどっと沸いた。

——なるほど、これも一芸なんだね。面白ーい……！

続いて「だるまさんが転んだ」ができるラブラドールレトリバーや、歌が歌える柴犬など、個性豊かな犬達が続々と登場した。私も宇津野さんが隣にいることを忘れて、イベントに夢中になる。

そして、ついにやってきた宇津野さんのお姉さんの出番。ボルゾイのベルちゃんの登場だ。

背が高く、すらりとした美人のお姉さんと一緒に登場したベルちゃんが、これまたスタイルのいいワンちゃんでびっくりした。

「えっ!! べ、ベルちゃん、すごく美人さんですね！」

なんだかベルちゃんというか、ベルさんと呼びたくなってしまう。

軽く興奮しながら隣の宇津野さんに話しかけたら、なぜか彼が嬉しそうに眦《まなじり》を下げた。

「ありがとう。そうなんだよ～ベル、綺麗なんだよなあ……俺もたまに実家に行くと、ベルの存在感が大きすぎて圧倒される。そして時間を忘れてベルと遊んでしまう……」

しみじみと話す宇津野さんの視線は、ベルちゃんに釘付けだ。

――こりゃ、ベルちゃんのこと相当好きだな。休日にわざわざ車で時間をかけてショーを見に来るだけのことはあるわ……

そしてベルちゃんの演技開始。フリスビーと聞いて広々としたドッグランを使ってやるのかと思っていたら、ステージ上でお姉さんがふんわりと投げたフリスビーをその場で軽くジャンプして取る、というもの。ただ、お姉さんが後ろを向いた状態でフリスビーを投げたり、なんの前振りもなくフリスビーを突然投げたりするので、ベルちゃんにとってはハードルが高い。

でも、ベルちゃんはそれを『大丈夫です皆さん、私、慣れてますから余裕です!!』とばかりに見事なキャッチでやり遂《と》げてみせた。

体の大きなベルちゃんがジャンプして、華麗にフリスビーをキャッチすると、会場がどよめいた。

隣の宇津野さんからも「おおっ!!」という声が出て、彼のテンションが高くなっているのがわかる。

――楽しそうだなあ、宇津野さん。

なんだか見ているこっちまでほっこりする。

この人といると、会社での嫌なことも忘れて気持ちが穏やかになる。

彼の無邪気な笑顔が、いつの間にか私にとっての癒《い》やしになっている気がした。

――大人の男の人がこんな風にコロコロと表情を変えるの、可愛い……

いつの間にかイベントよりも隣で声援を送る宇津野さんを夢中で見つめていた。彼は私の視線には気が付いているのかいないのか、一生懸命ベルちゃんに声援を送っていた。

ベルちゃんの行動に一喜一憂する彼が可愛くて……愛おしい。

私は自分の中にある感情がなんであるかをはっきりと自覚しつつ、イベントそっちのけで彼のことばかり考えていた。

ベルちゃんは最後にお姉さんと一緒に一礼して、出番は終了。会場からは大きな拍手が送られていた。

「ベルちゃん最高!　素敵だったー!」

拍手をしながら宇津野さんを見ると、感無量といった感じでステージを見つめていた。

「ど、どうしました？　さっきまでのテンションはどこに……」

「いや……身内だと思うと緊張しちゃって。終わった途端気が抜けた……」

はあ～、とため息をつきながら脱力している宇津野さんなんて、これまであまり見たことがない。

なんか面白い。

「宇津野さんもそんな風になるんですね。いつもテンション高いから新鮮です……」

クスッとしたら、憮然とされた。

「いや別に、意識してテンションを高くしてるわけじゃないし……。鷹羽さんに会う時は緊張してるから、照れ隠しもあって明るくしてるだけだよ」

「照れ隠しなんてする必要あります？　別に、素のままでいいですよ。私、気にしませんし」

「わかってないなあ。男はね～、好きな女性には少しでもいいところを見せたいって思うものなの。鷹羽さんには、自分のいいところだけを見ていてほしいわけ」

「別に、そんなこと考えなくても……宇津野さんは、宇津野さんってだけで格好いいですよ？」

なんの気なしに発した言葉に、宇津野さんが目を見張る。

なんで彼がそんな顔をしているのか、すぐにはわからなかった。しかし自分の発言に気が付き、あっ、となる。

「いやあの！　へ……変な意味じゃなくて!!　ただ、そのままでいいってことが言いたかっただけなんですけど……!!」

フォローしたつもりなのに、宇津野さんが更に困惑顔になる。

「格好いいに変な意味ってある……？　つまり、鷹羽さんは俺のことを格好いいと思っている、という解釈でいいのかな」

改めて確認されてしまい、ぼっ、と火が点《つ》いたように顔が熱くなった。

「そんなの、初めて見た時から思ってましたよ!!」

力強く思いを口にした途端、宇津野さんが黙り込む。そして、口元に手を当て、私から視線を逸らした。

「……そうなの？　鷹羽さん、そんな風に俺のこと思ってたの？」

「あ……」

周囲は、ベルちゃんのあとに出てきたワンちゃんの芸に沸いている。それなのに、私と宇津野さんは、周りの声が全く入ってこない状態だった。

二人ともお互いから視線を外し、黙り込む。

――は、恥ずかしっ……

私達の周りにだけ気まずい空気が流れていたけれど、会場はますます盛り上がっている。やがて最後の出場者が終わって、出演者が全員ステージに出てきてフィナーレ。ショーなのでどの子が一番とか、そういうのはないけれど、皆で和気藹々《わきあいあい》とショーを楽しんでいるのは、見ていて気持ちがよかった。

拍手して、ステージから去る出演者達を見送り、ショーは終了。この次はステージで別の催《もよお》しが行われる予定なので、私と宇津野さんは席を立った。

「ベルちゃんに会いに行かなくていいんですか？」

何気なく先を行く宇津野さんの背中に問いかけると、彼が振り返る。

「会いたい？　ベルに」

「えー！　会えるものなら会いたいです!!　私、ボルゾイちゃんを触ったことないんで……」

「わかった」

すると宇津野さんがスマホを手にして、何度かタップして耳に当てた。

「あ、もしもし？　俺だけど。今どこ？」

お姉さんと電話を始めた宇津野さんを、黙って見つめる。

「……わかった、じゃ、そっち行くから。うん、じゃね」

スマホを耳から外した宇津野さんが、こちらを見る。

「今、控え室にいるって。これでもう解散になるから、近くで待ってるって言ってある」

「あ、そうなんですね！　ありがとうございます」

「んじゃ、移動しようか」

そう言ったあと、宇津野さんが一旦立ち止まる。そして何かを一瞬思案して、私の前に手を差し伸べた。

「……？　なんですか？」

「手、繋ごうか？　迷子になると困るでしょ」

「なっ……!!　ならないし!!」

かといって差し出された手を払いのける気にもならない。口では反論しつつ、おずおずと彼の手に自分の手を重ねると、すぐにぎゅっと強く握られた。

「わっ!!　力、強っ」

「ほら、するっと抜けちゃうと困るでしょ？」

笑いながら私の手を引いて歩き出した宇津野さんに、ため息が出てしまう。

でも、握った手からは優しい温もりが伝わってきた。

――口ではあんな風に言うけれど、本当は人混みではぐれないようにしてくれてるんだよね。最初に会った時からわかってる。宇津野さんが優しいってことは。

お姉さんとベルちゃんがいる控え室の前で待っていると、中から動物を連れた人が続々と出てきた。その中にお姉さんとベルちゃんがいて、宇津野さんの姿を見つけた途端、お姉さんが微笑んだ。

クリニックではマスクをしているので気付かなかったが、笑った顔が宇津野さんとよく似ている。

さすが、姉弟。

「基紀～!!　よくここまで来たじゃない」

「そりゃ、ベルの晴れ舞台だからな」

「本当かな～。デートの口実が欲しかっただけじゃないの」

そう言ってお姉さんがちらりと私を見た。

「どうも、先日は。その後、お体の具合はいかがですか？」

「あっ、はい‼　こちらこそありがとうございました。おかげ様でだいぶよくなりました」

――お姉さん、ちゃんと私のこと覚えててくれたんだ……

まだ二回しか受診してない私のことをちゃんと覚えてくれているのが、結構嬉しかったりする。

「そうですか、それは何よりです！　その時の体調によってお薬も変える必要が出てくるので、また何かあれば次回の診察の時に申し出てくださいね。あと、辛い時はいつでもいいので受診してください」

「はい……‼　ありがとうございます、今後ともよろしくお願いします……‼」

私がお姉さんと話している間、宇津野さんは満面の笑みでベルを撫で回していた。

「ベル～‼　すごかったぞ～、お前かっこよかったぞ～‼」

こうして見ると、宇津野さんがベルちゃんにベタ惚れなんだとよくわかる。

私が宇津野さんを見つめたまま固まっていると、お姉さんがぷくく、と笑う。

「うちの弟、ベルにメロメロって感じでしょう？　そんなに犬が好きなら基紀も飼えば？　ってよく話してるんだけど、俺にはベルがいるからって……」

「そうなんですね。でも、気持ちはわかります。私も犬が好きですけど、一人暮らしだとなかなか難しいです。仕事中は寂しい思いをさせちゃうだろうし」

「まあ、確かに。私は実家だからまだいいんだけどねー。しかし、ベルの前だと弁護士先生の威厳はどこに？　って感じよね」

確かに。犬にメロメロの弁護士か。

――……それはそれで可愛いかも？

それから軽く今日のバックステージはどうだった、という話をして、お姉さんとベルちゃんに別れを告げた。お別れする際にベルちゃんを撫でさせてもらったけど、つやっつやの毛並みが最高に気持ちよかった。

――すごい……!!　きっとトリミングとかを定期的にして、この毛並みを維持してるんだろうなあ……

感動しつつ、頭のどこかで万札がヒラヒラと舞っている。やはり動物を飼うのにはお金がかかるし、私のお給料では無理だなと諦めた。

名残《なご》惜《り》しそうにベルちゃんを見送っていた宇津野さんだったが、私と駐車場に向かって歩き出した途端、小さくため息をついた。

「あー……ベル、可愛かったなあ……」

「本当にベルちゃんが好きなんですねえ。それなら、ご実家に住めばいいと思うんですが」

しかし、宇津野さんは先に首を横に振った。

「無理。一人暮らしに慣れたら一人の方が楽だし。それに、実家にいると母が世話焼きで大変なんだ。一緒に住んでいると夕飯は食べるのか、帰ってくるのは何時なのか、昼は何を食べたのか、外食ばかりでは体を壊す……とか。心配してくれるのはありがたいんだけど、忙しくてそれどころじゃない時は少々煩《わずら》わしい」

「……でも、お姉さんはご実家なんですよね？」

「そう。母は、なぜか俺にばかり口うるさいの。それに姉は昔から奔放《ほんぽう》だったから、母も言ったって無駄だってわかってるんだろうな」

率直に、家によっていろいろあるなーと思った。

うちは妹と弟がいるけど、姉である私は体が弱かったこともあり、こんな仕上がり。中間子の妹がわりと自由にしていて、そんな妹を見て育ったせいか、弟は結構しっかりしている。

「でも、いいお姉さんですよね。姉弟の仲もよさそうですし」

「うん、仲はいい。姉が医者になってくれたから、俺は親が医者でも無理に同じ道を選ばなくていいって思えたし。姉には感謝してる」

「ご両親は、お家で開業されてるんですか？」

「いや。ずっと近くの公立病院で勤務医をしてる」

「そうなんだ……小さい時はご両親が忙しくて大変だったでしょうね」

身近に医者がいないから、なんだか違う世界の話を聞いているようだった。

「うん。両親はいつも家にいないから、子どもからすればちょっと複雑だよね。まあ、大人になると状況を理解して親のことをすごいって思えるようになったけど」

「確かに……小さい子どもだと、親が何してるかなんてよくわかんないですもんね」

話をしている間、寂しそうにしている小さい宇津野さんが頭に浮かんだ。でも、彼も今、こうしてご両親と同じくらい立派なお仕事に就いていているんだからすごい。

――そう……すごいんだよね、宇津野さんって。きっと私が想像もつかないくらい勉強をしたんだろうし……

改めて、隣にいる男性のことをすごい人だと思った。

見知っていたとはいえ、会話も交わしたことのない私の異変を感じ取って、助けてくれた。

それってよく考えると、結構勇気の要《い》ることだと思う。酒井さんと会った時だってそうだ。

私のために、酒井さんに面と向かってあんな風にはっきり謝れとか、普通は言えない。

そんな人のことを、嫌いになんかなれるはずがなかった。

――こんなすごい人が私のことを好きと言ってくれる。それって、奇跡みたいだなあ……

宇津野さんが自分の彼氏だったら……と想像して、今、勝手にドキドキしてる。

――好き……になっちゃったなあ……

現状で手一杯で、好きになるつもりなんかなかった。

だから正直、参っている。でも、好きだと気が付いた以上、ずっと保留にしていた返事をしなくてはならない。

――とはいえ急に好きです！　って言うのは……。周りの目もあるし……違うか……

移動中に好きなので付き合います、て言われても、宇津野さんも反応に困りそうだし。タイミングを見計らって気持ちを伝えようかな……

それを考え始めたら、急にそわそわして落ち着かなくなった。

こんなんじゃ、きっと聡《さと》い宇津野さんにすぐ気付かれてしまう。

どうすると悩んだ結果、私ができる対処法は、黙る。だった。

黙って彼の話を聞き、途中、適当な相づちを打つ。だけど、この方法も長くは続かない。

「さっきから口数が少ないけど。疲れた？」

「いえ、そういうんじゃない……んですけど……」

言葉を濁《にご》していたら、宇津野さんに「ちょっと座ろうか」と声をかけられた。

モール内の通路にあるソファーに腰を下ろした途端、宇津野さんがこちらに体を向けた。

「昼飯食ってからずっと休憩してないから、ハードで疲れたでしょ。ごめんね？」

「えっ！　ぜ、全然!!　そうじゃないんで、気にしないでください」

慌てて手をぶんぶん振って否定する。でも、宇津野さんの表情は晴れない。

「じゃ、何？　何か気に入らないことでもあった？」

「とんでもない!!　ベルちゃん可愛かったし、プライベートのお姉さんもいい方で、お話しできてよかったです」

「じゃ、何？」

宇津野さんは追及をやめない。

――こ、困ったな……ここで返事するのもなあ……

「あの、私、宇津野さんに折り入ってお話があるんですが」

「うん？　うん」

宇津野さんが小さく首を傾げて、戻す。

そのリアクションが可愛いな、と思って顔が笑う。

「それが、その……こ、こういう場所でする話でもないかな、と……」

「場所？　俺はどこでも気にしないけど」

「いやあの、人の目がありすぎて……」

モール内の通路の真ん中に置かれた背もたれのないソファー。座り心地は悪くないけれど、常に前と後ろを人が往来しているので、やっぱり落ち着かない。

「せめてもうちょっと人の少ないところで、お話しさせてもらってもいいですか？」

「いいけど。でも、その話ってさ」

宇津野さんが少し身を屈《かが》めて、私の耳元に口を近づける。

「もしかして、付き合う付き合わないって話？」

耳に彼の呼気が当たってビクッとなる。慌てて耳を手で押さえて、軽く宇津野さんから距離を取った。

「……っ‼　み、耳元で話すのやめてください！　……そうです、その話なので、ここでは……」

「よしわかった、さっさと移動しよう」

いきなり彼が私の手首を掴んで立ち上がり、そのまま外に向かって歩き出した。駐車場とは違う方向だったので、一体どこへ？　と思ってついていくと、モール内にある芝生《しばふ》の広場だった。

ベンチもいくつか置いてあるが、今日は天気がいいので芝生《しばふ》にレジャーシートを敷いてお弁当を食べている家族連れが多い。

その芝生《しばふ》広場を見渡せる場所に屋根付きの東屋《あずまや》のような建物を見つけ、そこに移動した。

木製のベンチに腰を下ろし、はあっ、と息を吐いた。

「宇津野さん、歩くの速い……ちょっと疲れました……」

「あ、ごめん。でも、鷹羽さんが返事をしてくれるなら、早く聞きたいし。じゃ、お願いします」

「お願いしますって……ちょ、調子が狂います……」

いざその時が来ると、やっぱり緊張する。

でも、いつまでもこのもどかしい感情を抱《いだ》き続けるのは、なかなかきついものがあるし。

するならもう、してしまえ。

「えっと。確認なんですが、宇津野さん的には、その……気持ちは変わってないんですよね？」

「俺？　もちろん。常に鷹羽さんを口説き続けているつもりだけど」

「続けて……ました？」

「ました」

言うや否《いな》や、彼の手が私の手を強く握った。そういえばさっきからずっと手を繋いだままだった。

「今もしてる」

緊張がピークに達し、変な汗が出そうだった。

私はゴクンと一度喉を鳴らしてから、少しだけ体を宇津野さんに向けた。

「私、宇津野さんが好きです」

言った途端、彼の手がピクッと反応した。

「それは、異性として？　恋人になってくれるって意味に取っていいの？」

「はい」

頷くと、いきなり宇津野さんに抱き締められた。

「いっ!?　あの、ちょっ……」

かなりの力で抱き締められて、正直痛いし、苦しい。

「嬉しい」

「……宇津野さん？」

「俺、頑張った」

「そ、そう……ですね？」

「頑張って報われるという経験は久しぶりで、すごく感激しています」

丁寧に今の心境を説明されて、笑ってしまう。

「そんな丁寧な説明、いらない……」

するといきなり体がバッと剥《は》がされた。何？　と驚く間もなく、素早く唇に柔らかい感触が降りてきて、すぐに消えた。

——……っ!!

すっごく短い、触れるだけのキスだった。

すぐに唇を離した宇津野さんは、私の肩にこつんと額をのせた。

「やばい……嬉しすぎる」

はあ……と吐き出した彼の熱い吐息が肩に当たり、なんだかくすぐったかった。

「あのさあ……」

「はい」

「ベタなんだけど、このまま帰したくないって言ったら、困る？」

「えっ……!!」

全く予想していなかった展開に、頭が真っ白になる。

いや、告白して付き合うことになれば、そのうち男女の仲になるのは自然なことだ。けれど、こんなに早くその時が来るなんて思ってなかった。

「それは、その……どこかに泊まる的な……」

頭の中に煌《きら》びやかなネオンが輝く建物が浮かぶ。……ラブホテルのことだ。

「いや、俺の部屋」

「宇津野さんの、部屋ですか」

なんだ、ホテルじゃないんだ、と少しだけ肩の力が抜けた。それよりも、宇津野さんの部屋と聞いた途端、胸が期待で膨らむ。

——男性が一人暮らししている部屋って行ったことないな。

唯一男性と付き合った時も、相手が実家住まいだったので部屋に上がったことはない。だから宇津野さんの部屋に興味がある。実際にこの目で見てみたい。

ぼーっと考えていたら、なぜか突然宇津野さんが慌てだした。

「あ、いや、いいんだ。鷹羽さんが嫌なら無理にとは……」

「嫌じゃないです。行ってみたいです。宇津野さんの部屋……」

宇津野さんが本当に？　と目を見開く。

「はい。興味があるので。す……好きな人が、どんな部屋で生活しているのか」

「そんなの、いくらでも見せるよ。包み隠さず、俺の全てを見せる」

「……全てって、体のことじゃないですよね？」

宇津野さんの顔から表情が消えた。

「そういう意味じゃない……いや、あながち違わなくもない……？」

「あ、あの。細かいところはいいんで、気にしないでください！」

とりあえず、この話は一旦棚上げして、まずはモールを出ることにした。

駐車場まで来ると、宇津野さんが助手席のドアを開けてくれる。

「どうぞ？」

車の会社に勤務していて、男性が運転する車に乗る機会はちょくちょくある。だけど、こんな風に気を遣ってもらったことは今までにない。

「ありがとうございます……」

照れくさい気持ちで車に乗り込み、丁寧にドアを閉めた彼が運転席側に回って乗り込んだ。

「もう俺に敬語使わなくていいよ」

「え」

「だって、彼女だし。俺はもうこんな感じだけど、鷹羽さんには気を遣ってほしくないからさ」

――なるほど。確かにそうか……

ふむ、と考えて、宇津野さんを見る。

「わかりました。では……。……じゃあ、なんて呼べばいいの？」

「っ!!」

ただ名前の呼び方を教えてくれと言っただけ。それなのに、宇津野さんが衝撃を受けたように突然挙動不審になる。

——え？　何この反応……？

「あの。宇津野さん？」

「あっ、ごめん！　それが……急なタメ語の破壊力がすごくて。興奮しちゃった」

へへっ、と笑う宇津野さんに、どう反応したらいいのかすごく悩んだ。

「……あ、そうですか……」

「引かないで～!!」

慌てる宇津野さんを置き去りに、どう呼ぶか考えた結果、普通に名前で呼ぶことになった。

「さん付けもいいけど、君でもいいよ。もしくは呼び捨てだって可」

「じゃあ、一応さん付けで。状況によって変える場合もあるけど」

「何それ。面白いね」

運転しながらははは、と笑う彼は、さっきからすごく楽しそう。

付き合うことになった途端、こんなに喜んでくれることが素直に嬉しかった。

——いいな、恋人って。ずっと恋をしたいとか思わなかったけど、いざしてみるとやっぱりいいものだなあ……

二十八歳にして恋をする素晴らしさを知る。

好きな車や犬を見るのとは全く違う。新しい興味の対象である彼の部屋に行けることが、今は楽しみで仕方なかった。

二十九歳、弁護士。しかも両親共に医者という環境に育った基紀さんの住まいは、意外にも質素だった。

契約しているという駐車場に車を停めて向かった彼の住まいは、私の勤務先から車で三十分くらいの場所にあるワンルームマンションだ。

といっても私が住んでいる1DKのアパートに比べたらリビングも広いし、築浅でどこもかしこも真新しい。キッチンはシステムキッチンだし、バスルームもバスと洗面台がそれぞれ独立しており、バスタブも広い。私の部屋のバスタブは一人入るだけでいっぱいだけど、この部屋のバスタブなら二人でも余裕で入ることができる。

というより、私の住んでいるアパートと比べるのは大変おこがましい物件だった。でも想像していた基紀さんの住まいと比べたら、随分とシンプルな住まいだというのが正直な感想だ。

「狭くてごめん」

先に部屋に入った基紀さんに、なぜか謝られる。彼はテーブルの上にある本や書類を片付けていた。ちらっと見えたそれは、法律関係の本だった。

家にいる時も勉強してるんだなと尊敬する。

「大丈夫。私、ここより狭い部屋に住んでるから」

部屋の真ん中に立ち、周囲を見回す。その時、本棚にぎっちり並んだ書籍に目が釘付けになった。ほぼ、法律関係。その他には世界遺産に関する写真集が並んでいた。国内の遺跡から、エジプトやマチュピチュ、ナスカの地上絵など。

——世界遺産が好きなのかな？

「そうだったのか。尚更ごめん」

「謝らなくていいのに」

笑っていたら、どこでもいいから好きなところに座ってと勧められる。見たところ、座れる場所はきちんと整えられてベッドカバーが掛けられたセミダブルくらいのベッド、フローリングにラグマットが敷かれた床、仕事や勉強で使う机にセットされたデスクチェア。この三つだ。

「えーっと……じゃあ、床で」

ラグマットの中央にローテーブルが置かれていたので、そのテーブルの前にちょこん、と座った。

「そこでいいの？」

「うん。この部屋綺麗だから床でじゅうぶん」

ラグマットもなんの毛だかわからないけど、すごく手触りがいい。ここでなら寝られる。

座ったまま待っていると、彼がコーヒーメーカーでコーヒーを淹《い》れてくれた。豆は気に入った店で購入しているそうで、今も挽き立てのコーヒーの香りが部屋いっぱいに充満して、香りだけでかなり癒《い》やされる。

——わー、いい香り……コーヒーショップに来たみたい。

私もコーヒーは好きでよく飲むけど、自分で豆を挽くまではしない。大抵インスタント、よくてもドリップパック。

「はい、どうぞ」

テーブルの上にコーヒーの入ったカップが置かれる。しかもそれが、信楽焼《しがらきやき》のカップですごく素敵だった。

「えっ。このカップすごくいい‼　おしゃれ」

え、そう？　と呑気《のんき》な彼の声が聞こえる。

「特に気にしたこともなかったんだけど。それ、もらいもんでさ。せっかくだから使おうと思って、なんでもかんでもそれで飲んでる」

「なんでもかんでも……」

この信楽焼《しがらきやき》のカップでコーヒーを飲む基紀さん、お味噌汁を飲む基紀さん、お汁粉を飲む基紀さん……

想像したら楽しくなってきた。

私がお腹を抱えて笑い転げていると、基紀さんが「ちょっと……」と困惑気味に声を発した。

「そんなに笑わなくても……一体何を想像したんだか」

「いやあの、いろいろ……」

「想像力が豊かなのはいいことだけど、できれば別のことに想像力を働かせてほしいな」

「別のこと……？」

眦《まなじり》に溜まった涙を指で拭いつつ訊《たず》ねる。

その途端、基紀さんの口角が、何かを企《たくら》むようにきゅっと上がる。

「もっと色っぽいこととか？」

「色っぽ……」

言われてすぐに今自分が置かれている状況を思い出した。

付き合い始めた恋人の部屋で、二人きり。色っぽいことで思い浮かべるのは、一つしかない。

「いや、あの……」

基紀さんがカップに口を付けながら、ふ、っと笑う。

「そんなに慌てなくても。大丈夫、今すぐ押し倒したりなんかしないから」

「あ……そ、そう……ですか？」

「なんか残念そう？　やっぱり押し倒そうか？」

「いやちょっと、待って。せめてゆっくりコーヒーを飲ませてください」

さすがにコーヒーを飲んでいる間は、向こうも手を出してきたりしないだろう。

そう思っていたのだが、飲んでいる最中ずっと彼の視線が私に刺さり続けていて、だんだんいたたまれなくなる。

——ちょっと……こんなに見られてたら、コーヒーの味がわからないんだけど……!!

いい加減耐えかねて、カップをテーブルに置いた。

「ちょっと……基紀さん……」

「何？」

「見すぎ」

足を崩して床に座っている基紀さんはリラックスしているように見えるけど、視線だけはずっと私を向いている。

せめてテレビでも点《つ》けてそっちを見ていてくれればいいのに。これじゃ、私だけが落ち着かない。

「うん、だって、好きな人がいたら見るでしょ？」

「それにしたって……」

困惑していると、基紀さんが座ったまま手を使ってズルズルと私に近づく。

「ごめんね。でも、同じ空間にいて我慢するとか、俺、できないわ」

「へ……」

さっき押し倒したりしないって言ったのは嘘だった。なぜなら今、床に押し倒されているから。

さっきまでは見えなかった天井《てんじょう》の照明がはっきり見える。その照明に被さるように基紀さんの綺麗な顔が目の前にあって、思わず息を呑んだ。

——うわ、イケメンの至近距離の破壊力……!!

「あの、も……」

「とりあえず、この部屋に来た時点で同意は得られていると思っていいのだろうか」

真顔でじっと見つめられ、ああ、と思った。

「……はい。大丈夫です。……そのつもりがないのに男の人の部屋に来たりしません……」

基紀さんの表情に、ほんの少しだけ安堵が浮かんだ。

「よかった」

言いながら、彼の顔が近づいてくる。条件反射で目を閉じたら、ほぼ同時に口を塞がれた。

さっきのキスは、本当に触れるだけの優しいキス。だけど今度のキスは違う。唇を舌でこじ開けられて、舌が歯列に触れた。

「……口、開けて」

一旦唇を離し、至近距離でお願いされる。

まだ絶賛大混乱中だけど、言われるまま口を薄く開ける。その隙間に、すぐさま舌が差し込まれた。

――あ、舌……

これが基紀さんの舌か、とどこか冷静に感じていた私。でも、すぐに顔を両手で押さえられて、息つく暇もない激しいキスをされたおかげで、余計なことを考える余裕はなくなってしまった。

「……っ、ン……!」

彼の舌が口の中で蠢《うごめ》いている。それと、頬に触れる彼の手から感じる熱。

それだけでもう、頭の中がいっぱいでわけがわからなくなる。

——や……お腹の奥がむず痒《がゆ》い……

過去にキスの経験があるといっても、チュッと触れる程度のものだった。

今から始まることは、何もかもが初めてだ。自分の体が熱くなって、心臓が口から出そうなほどに激しく脈打っている。

なんだか自分の体が壊れてしまいそうなほどの変化に、困惑した。

「も……基紀……さんっ……、ちょっと……」

彼の猛攻から逃れようと少しだけ彼の胸を押して、至近距離で見つめ合う。

「何？」

「は、激しい……です……」

「……え。そう？」

うんうん、と無言で頷くと、基紀さんが苦笑する。

「いきなりがっついちゃったな……」

私の腕を掴み、起き上がらせてくれた。

「この後はどうする？　……俺、もっと鷹羽さん……じゃなくて朋英に触れていいのかな」

初めての名前呼びにドキッとする。

まさかここでやめるなんて言わないよね？

言わないで。

「……うん」

むしろ気持ちが固まっているうちにしてほしい。

そんな気持ちでお願いすると、基紀さんが立ち上がった。

「朋英、来て」

腕を引かれながらベッドに移動する。かかっていたカバーを取り、掛け布団をバサッとめくった。

「あんまり広くないけど」

「……いいですけど……」

今はベッドの広さは正直気にならないので適当に返事をした。それに苦笑した基紀さんが、着ていた長袖《そで》のシャツを脱ぎ、無造作に床へ放った。

彼はインナーに着ていた半袖《そで》シャツ姿でベッドに腰を下ろすと、自分の隣をポンポンと叩く。

「おいで？」

まるで魔法にでもかかったかのように、なんの抵抗もなく彼の隣に腰を下ろす。

すぐに手が頬に添えられ、顔を彼の方に向けられた。

「朋英」

とびきり優しい声で名前を呼ばれ、お腹の奥が大きく疼《うず》いた。彼の顔がすぐ目の前に迫り、無意識のまま目を閉じると、ついばむようなキスをされた。

「……は……」

短いキスを何度か繰り返しつつ、下唇を食《は》まれる。その間、彼の手は私の耳朶《みみたぶ》に触れ、親指と人差し指で弄《もてあそ》ぶように撫でてきた。

唇と耳に与えられる優しい愛撫《あいぶ》に、ドキドキが止まらない。

――な……なんか、慣れてるな……

そりゃこれだけ見目麗《うるわ》しい男性だし、きっとこれまで女性から引く手数多の人生だったのだろう。男性経験がない私とでは、経験値が雲泥《うんでい》の差《さ》だ。

そもそも比べること自体が間違っている。

――それもそうか……

考えが落ち着いて、気持ちも落ち着いた。基紀さんはといえば、今は私の首筋に吸い付きながら、トップスの裾《すそ》から手を入れ、ブラジャーの上から乳房に触れてくる。

「んっ……！」

彼の長い指が中心にある突起を掠めた。その甘い痺《しび》れに、ピクッと体が反応する。

「可愛い声」

吐息まじりの彼の低い声にドキッとする。

――なんだろう……なんだか、私が知ってる基紀さんじゃないみたい。

これまでは一緒にいると常に彼が喋《しゃべ》りかけてくれて、和《なご》ませてくれた。

でも今は違う。彼は、これまでの【宇津野さん】ではなく、【宇津野基紀】という一人の男の人だということ。

肌に触れる吐息は熱く、乳房を捏《こ》ねる手は私の手なんかより大きくて長い。

それを認識したら、これまでよりもドキドキがより大きくなった。そして、下腹部から滲《にじ》み出したものがショーツを湿らせていくのがわかる。

「ふっ……、あ……」

「……ブラ、外してもいい？」

胸元から顔を上げず訊《たず》ねられ、すぐに「はい」と答えた。

ちょうどトップスの中にあった彼の手が背中に回り、プツッとホックを外される。締め付けがなくなった途端、ブラごと着ていたトップスを頭から引き抜かれた。

着ていたものがなくなり、お椀型のDカップが彼の前に曝《さら》け出される。

「……すご。胸、めっちゃ綺麗なんだけど……」

脱がした服をベッドの下に落とすのすら忘れ、そのままの格好で胸を凝視される。

「あ、ありがとうございます……？」

服をベッド下に落とした彼は、吸い寄せられるように乳房へ両手を這《は》わせ、そのまま掌《てのひら》で包み込んだ。

大きな手でぎゅっと乳房を掴まれ、強弱をつけて揉み込まれる。

「あっ……」

「すごい、朋英の胸……柔らかい……」

なんだかうっとりしたような顔で、彼が自分の掌《てのひら》で形を変える乳房を眺めている。

しばらく見つめたあと、今度は顔を近づけて先端を口に含んだ。

「んっ」

口に含みつつ、舌を使って丁寧に愛撫《あいぶ》される。舌全体で舐《な》め上げたり、たまにノックするように舌先でツンツンしたり。

まるで遊ばれているかのように、同じところを重点的に愛撫《あいぶ》されると、だんだんこっちも平常心ではいられなくなった。

「や、あ……あんっ！　そこばっかり……」

胸元にある彼の頭を手で押さえながら身悶《みもだ》える。そこばかりじゃなく、違うところも……と言いたいが、言う隙を与えてもらえない。

たまに舐《な》めることをやめた彼は、舐《な》めていた乳房の先端をマジマジと見て、そこを指で弾いたり、指の腹を使って擦ってくる。それがまたこそばゆくて、激しく身を捩《よじ》ってよがってしまう。

「あっ……、あそば、ないでっ……!!」

「えー、遊んでないって。可愛いから、観察」

観察と聞き、ギョッとする。

「朋英のここは、濃いめのピンクで感度もいい。それに、味も俺好み」

「あ……味なんか、わかるの……？」

「俺にはわかる。朋英は、すごく俺好みの味」

——う、嘘……

この人何言ってるの？　と頭の片隅で思いつつも、結局愛撫《あいぶ》で気持ちよくなっちゃってるわけで。

そうなると、私は何も抵抗できず、ただ彼に身を委《ゆだ》ねるしかない。

チラリと見た自分の胸先は硬く勃ち上がり、彼の唾液でてらてらと光っている。その光景がすごく扇情的《せんじょうてき》で、私の中で寝静まっていた情欲という感情を大きく揺さぶった。

——愛撫《あいぶ》を続ける基紀さんが、次はどんな行動をするのか、めちゃくちゃ期待している。

今度はどこを愛撫《あいぶ》するのだろう、どんなキスをするのだろうか。手は？　どこに触れるの？

私の思考が、普段では考えられないくらいいやらしいことで埋め尽くされる。

自然と吐息が荒くなってきて、体も熱い。ドキドキは絶賛継続中だ。

「カーゴパンツ……」

基紀さんの呟きに、一瞬我に返った。上体を起こして自分の姿を見下ろし、あ、となる。

「……穿いてこなきゃよかったね」

「いや。これはこれで似合ってるし、俺は好き。あと、脱がすのも好き」

「何それ……」

　ウエストのボタンを外し、彼が一気にパンツを足首まで下げた。それを助けるように私が膝を立て、カーゴパンツを足首から抜いた。

　残っているのはショーツのみ。これも一気に脱がされるのかと思っていたが、意外にも彼はショーツの上から、クロッチ部分を指でなぞってくる。

「ん、あ！」

　強い刺激に体が揺れる。それを見て、彼が愛撫《あいぶ》する速度を速めた。

「……もう湿ってる」

　クロッチの表面から、上の割れ目までを丹念になぞられる。別に意識しているわけじゃないのに、勝手に吐息が漏れて、太股を擦りたい衝動に駆られる。

「は……あ……っ、ン……」

「気持ちいい？　悶《もだ》えてる朋英、可愛いな……」

　もっと気持ちよくさせたい、と小声で呟いたあと、基紀さんが私のショーツに手をかけ、一気に太股の途中くらいまで引き下げた。

「あっ……！」

「舐《な》めていい？」

「えっ……だめ。お風呂入ってないし……」

拒否したのに、なぜか彼が「えー、いやだ」と駄々をこねる。

「俺は気にしないから大丈夫」

「いや、気にするのは私なんだけど」

「大丈夫。朋英に汚いところなんかないから」

「え、ちょ、ま……」

拒否したにもかかわらず、彼が割れ目に舌を差し込み、ピチャピチャと舐《な》め始めてしまう。

「や、あ、だめって言ったのにい……!!」

もちろん性行為の際はこういうことをされる、というのは知っている。でも、その話を聞いた時、自分には絶対無理だ、そんなの恥ずかしくて耐えられないと思った。

なのに、結局されている。今、自分に起きていることが直視できない。

——う、嘘……あの部分を舐《な》められてる……しかも基紀さんに……

人生でこんなに恥ずかしいことって、これまでにあったっけ、と考えてしまった。

だけど、指でされる愛撫《あいぶ》と、舌でされる愛撫《あいぶ》は全然違う。

ざらっとした舌でそこを嬲《なぶ》られると、とんでもなく強い快感が押し寄せてくる。正直言って、これをずっとされたら、正気を保てなくなるんじゃないだろうか。

そう思うくらい彼の舌遣いは巧みで、気持ちよかった。

「ん、んっ……!!　だめ、だめ、それだめぇえ……!!」

蜜口に溢《あふ》れたものを舐《な》め取られ、敏感な蕾《つぼみ》を直接舌で愛撫《あいぶ》される。時折唇を押しつけ、強く吸い上げられると言葉にならないほどの快感が私を襲った。

一気に蜜が溢《あふ》れ出し、多分私の股間はぐちゃぐちゃになっているはずだ。

「ンーーッ!! あっ……、はあっ……や、あ、だめ、きちゃうっ……! ンン——っ!!」

じわじわと膨らんできた快感が一気に弾けた。

お腹の奥がきゅうっと収縮して、頭が真っ白になって、脱力した。

——多分これ、イッた……んだよね？

肩で息をしながら、冷静に今の現象について考える。

「気持ちよかった？」

私の股間から顔を上げた基紀さんが訊《たず》ねてくる。

あんなことをされたあとなので、彼の顔が直視できない。

「……ん、やば、かった……」

「イけたでしょ？」

ズバリ言われて、うん、とだけ答えておいた。

「朋英さ」

彼がいきなり蜜口を撫で、つぷっと中に指を差し込んできた。達したばかりでまだ敏感になっていたせいもあって、腰がビクビクと揺れてしまう。

「やだっ、今、まだ……」

「あのさ、朋英ってもしかして、初めて?」

「え。なんで……」

会話をしつつも、彼の指は私の中にある。指で膣壁を愛撫《あいぶ》しながら話を続ける。

「キスもぎこちなかったし、リアクションもそんな感じだから」

——バレてたんだ……

「は……話すつもりではいたんだけど、タイミングが……」

「初めてならここ、よくほぐしておかないと。でも、これだけ濡れてたら大丈夫かな」

彼が指を抜き差しするたびに、くちゅくちゅという水音が聞こえてくる。

それが恥ずかしくて彼から視線を逸らすが、やめてくれない。

「い……いやだ、恥ずかしい……もう、挿《い》れてくれていいよ……」

「俺もそうしたいのはやまやまなんだけど。朋英が痛い思いをするのはちょっとね」

痛い思い。

確かに友人の話を聞いていると、痛みに個人差はあるものの、やはり最初は痛い、というのがお決まりのようだ。

もちろんわかっていたし、覚悟はできている。でも基紀さんがここまで気を遣ってくれるって、どれほどの痛みなのだろう。

――でも……ここまできちゃったんだし。もう、あとには引けない……！

「いいから。……挿《い》れて」

なんだか私からせがんだみたいな形になってしまった。多分、基紀さん的には予想外だったのだろう。私の中にいる指の動きが止まったから。

「そんなこと言われたら、優しくできないよ？　……いや、極力優しくはするけど」

じっと彼を見つめていたら、観念した様子で苦笑する。

「じゃあ、痛かったら無理しないで」

「うん」

基紀さんがベッドから下りて、デスクの引き出しを開けた。そこから避妊具の入った箱を取り出し、ベッドまで持ってくる。

着ていたシャツを脱ぎ捨て、彼の裸身が露《あら》わになる。

――あ。すごい……

意外にも、ものすごく鍛《きた》えられた裸体。部屋の中にはそれらしき器具は見当たらないのに、一体いつ鍛《きた》えているのだろうか。

「ん？　どうした」

彼が避妊具を装着しているところを見ている……のではなく、彼の鍛《きた》え上げられた筋肉に釘付けになっていたら、その視線に気付かれた。

「体、すごいなって……」

「あーこれ？　うちの事務所が入ってるビルにジムができたんだよ。合間に通えるからどう？　って勧められて渋々通ってたんだけど、朋英に喜んでもらえるなら通った甲斐があった」

話しながら手際よく避妊具をつけて、彼が私との距離を詰める。ピタリと宛がわれた屹立《きつりつ》の太さと硬さに息を呑む。

――大丈夫、怖いことじゃない。皆経験すること……！

覚悟を決めて、その時を待つ。

「本当に、痛い時は言って？」

「わかった……」

すぐに屹立《きつりつ》がグッと押しつけられて、少しずつ私の中に沈んでいく。

「あ……ん……っ！」

私の中に彼が入っていく。その未知なる感覚に呼吸を忘れそうになった。

――すごい、硬くて、熱い……

こんなに熱を持つものなのかと、どこか感動すら覚える。

「ん……はっ……やば……」

目の前にいる基紀さんからは、これまでに聞いたことがないような声が聞こえた。

――え……こんな顔、するんだ……

私で気持ちよくなってくれていると、表情から伝わってきて気持ちが昂《たかぶ》った。

だけどこんなことを考えていられる余裕は、すぐになくなった。

「……い、た……！」

途中まではさほど痛みを感じずにこれたのに、急に経験したことのない痛みが私を襲った。

生理痛とも違う、初めての痛みに戸惑う。

「あとちょっと。ごめん、我慢して……っ」

なんだか基紀さんまで苦しそうな顔に見えてくる。そんな状況の彼に我慢してくれと言われたら、もう何も言えなかった。

「あっ……、ン、ン……!!」

痛みを堪《こら》え、今は快感云々《うんぬん》よりも早く時間が過ぎてくれることだけを願った。もちろん、そんな時間はそう長く続かないはず。

そんなことばかり考えているうちに、いつの間にか基紀さんが私に体を寄せていた。

「入ったよ……」

ため息と共に発せられた彼の呟きに、どっと安堵が押し寄せる。

まだ続いている痛みすら忘れそうになった。

「よ……よかった……」

安心して泣きそうになる。でもそれに彼がストップをかけた。

「待て待て。まだ終わってない。ただ入っただけだから」

言われてハッとする。

――そ、そうか、そう、だよね……男性もイかないと終わらないものね……

「入っただけですごく安心して、気が抜けそうになった……」

素直に気持ちを話したら、彼がクスッとする。

「まだ痛いと思うけど、もうちょっと我慢して……」

うん、と素直に頷いたら、彼が私の体を抱き締めてくる。そのまま唇を重ねつつ、ゆっくりと腰を引き、再び穿《うが》った。

「あっ……！　んうっ……」

案の定、痛みに顔を歪《ゆが》めてしまう。

「ごめん……！　あと少しだから」

痛みに耐えながら、お腹の奥の方に感じる彼の存在に意識を集中させる。

この前知り合ったばかりの基紀さんと、徐々に距離が縮まって今こんな関係になっているなんて、まだ信じられない。

会社の人間関係と月に一度くる体調不良の波に翻弄《ほんろう》される生活を送っていた私に、まさかこんな未来が待っていたなんて。

――タイムマシーンがあったら、過去の私に教えてあげたい。頑張った先の未来に、素敵な人との出会いが待っているんだよって……

そう思ったらこの痛みさえ愛おしい。私は彼の首に手を回し、自分に引き寄せ抱き締めた。

「……好き」

思いが溢《あふ》れて、言わずにいられなかった。

私がこんな行動に出るとは思っていなかったのだろう。基紀さんが驚いたように目を大きく開きながら私と視線を合わせてくる。

「……っ、今、そういうこと言う……!?」

「今じゃなかったらいつ言えばいいんですか……」

「普段もっと言ってよ。場所とか気にしなくていいから。……あー、もう……」

基紀さんが私の肩口に顔を埋《うず》め、ぎゅっと強く抱き締めてくる。

なんとなくお腹の中にいる彼の質量が増したようにも思うけれど、どうなんだ?

「優しくしたいのに、ちょっと無理かも……!」

噛み締めるように呟いた彼が、いきなり腰の動きを速めた。

「ひ、あっ」

これまでにないほどに力強く腰を打ち付けられ、大きく体が揺さぶられる。

——や、何……っ!? はやっ……

速度と振動に圧倒され、思考が追いつかない。何かを言葉にしたくても、口を開けたまま発することができず、ただ彼にしがみついた。

「あ、んっ、んっ、や、あっ……！」

「とも、えっ……、っ……!!」

私を抱き締める彼の腕に、一際力が籠《こも》った。それから間もなくして、彼が奥を穿《うが》ったタイミングでぶるりと震え、被膜越しに精を吐き出した。

「……っ、やば、かった……」

まるで電池が切れたおもちゃのように、彼が私の上でパタリと動かなくなった。

「だい、じょうぶ……？」

「全然」

恐る恐る声をかけると、秒で返ってきた。

「気持ちよすぎて、やばかった……」

――やばいって、そういう意味だったのか。

至近距離で彼と目を合わせると、すぐに唇を塞がれる。

「ともえ」

「はい……」

「好き」

「……はい」

「はいじゃなくて、さっきみたいに好きって言ってよ」

おねだりされてしまった。

「す……好き、ですよ」

「もっと。目を見てちゃんと言って」

駄々っ子みたいになってるけど。どうしたのだろう。

――仕方ないな。

「…………好き」

言われた通りにしたら、基紀さんが満足そうに微笑む。

「最高」

笑顔をキープしたまま、基紀さんがベッドから出て、避妊具の処理をして戻ってきた。

一度達したから、もう甘い時間は終わりなのかなと思っていた。でも、彼が私から離れることは一向になく、私達は何度も抱き合ってキスをしてと、わかりやすくいちゃいちゃした。

「朋英、今夜は泊まっていけば？」

背後から私を抱き締め、首筋にキスをしながら彼が提案してくる。

そうしたい気持ちはもちろんあるけれど、残念ながらそういうわけにもいかない。

「私、泊まる準備何もしてきてないし。今夜は帰る」

正直に答えたのだが、彼は私の反応が意外だったらしい。

「なんで!?　こんなに熱い時間を過ごしたんだよ？　ここで終わらせるの勿体《もったい》なくない!?」

信じられない！　と言いたげに声を張り上げる基紀さんに、ちょっと引いた。

「え……だから、準備……歯ブラシもないし、下着も……」

「あとで買い物行くから！　必要なものはそこで全部調達すればいいよ。それならいい？」

私がわかった、と言うのを心待ちにしているのがありありと伝わってくる。そんな恋人に、一周回って笑いが込み上げてきた。

「……ど……どんだけ私に帰ってほしくないの……？」

「すごく。ものすごく。なんならずっとここにいてほしい」

首筋に落ちるキスの数が半端ない。

——私、なんだかすごく愛されてるみたい……？

諦め半分で、ため息をつき肩越しに彼を見る。

「わかった。じゃあ……今夜は泊まります」

言った瞬間の嬉しそうな顔ったら。

「やった」

「わ、わかったから、首、痕《あと》つけないで……」

お願いしたら渋々離れてくれた。

そしてこのあと、取り急ぎシャワーを浴びて、車で二十四時間営業の量販店に行き、泊まるのに必要なものを購入した。ついでにファストフードで夕飯を買って帰宅する。

歯ブラシに、洗顔料にメイク落とし。シャンプーやボディソープは基紀さんと共有するのでよしとして、共有できない下着やキャミソールなども買った。

人の部屋に自分のものを置いておく、という行為が初めてで、なんだかすごく興味深い。まるで自分の拠点がもう一つできたような、そんな感覚に近い。

「こういうの、漫画で見たことある。ほら、彼氏の浮気が発覚する場面で。見知らぬ歯ブラシがあるっていう……」

「こらこら。俺、浮気はしないから。胸張って言えます」

歯ブラシ立てに並んだ二本の歯ブラシを眺めつつ、彼が鼻息荒く断言する。

「そうなんだ？　意外と一途？」

「それもあるけど、仕事でいろいろ見てきてるからさ。火遊びのつもりで浮気したら家族にバレて、そこから家庭が崩壊して大惨事になるっていうやつ？」

「あー……よくドラマでもあるよね。相手の女がストーカーになったり、家に乗り込んでくるの」

「ドラマはちゃんとカタがつくじゃん。でも、現実は綺麗にカタがつくとはいえない。最悪の結末になる場合だってあるからね。とにかく、人間は怖い。それに尽きる」

リアルな現場をよく知る基紀さんにしみじみと言われると、怖さが増すんですが。

「だから俺を信じてついてきてください。よろしくお願いします」

洗面所で丁寧に頭を下げられ、クスッとする。

「はい……こちらこそ、よろしくお願いします」

こちらも負けじと頭を下げる。こっちは男性と付き合うなんて経験皆無の初心者なのだ。心からお手柔らかにお願いしたい。

「よし、じゃあ夕飯食べて、一緒に風呂に入って、一緒に寝ようか！」

元気いっぱいに言われて、ちょっと仰《の》け反《ぞ》った。でも、付き合い始めて気持ちが昂《たかぶ》っているのはお互い様。

ということで彼の要望通りにしたら、案の定、翌朝まで離してもらえなくて、クッタクタになった……

四

基紀さんと正式に恋人同士になって、そういうことをして、めでたく処女を捨てて数日が経過した、ある朝。

基礎体温をチェックして、生理周期を確認する。いつもなら大体今日辺りから頭痛や何かしらのＰＭＳの症状が出るのだが、今のところそういった症状は出てない。

——なんか、調子いいな。

基紀さんのお姉さんのクリニックでもらった漢方薬が効いたのだろうか。だとしたらお姉さん……いや、基紀さん様々である。

体調がいいと朝食もしっかり食べられるし、食べると元気が出る。イメージとしては、これまでふらふらと家を出ていたのが、シャキッと元気よく家を出ることが可能になった感じ。

でもこれって、きっと漢方薬のせいだけじゃない。

——私生活が充実してるから、っていうのも理由の一つじゃないかな。

もちろん仕事と基紀さんに直接関わりはない。だけど、常に自分の味方をしてくれる人が家族以外にいるという事実が、意外と自分にとって大きな意味を持つのだと感じるようになった。

とはいえ、酒井さんの件については何も進展がないし、住野さんと顔を合わせるのだってまだ気まずい。

私の前には、まだまだ大きな問題が山積みという現実は変わらない。それを思うと、途端に気持ちが落ち込むのだが。

——まあ、それはもうあの会社にいる限りどうしようもない……私が辞めるか、向こうが辞めるか異動にならない限り、この問題はずっとこのままだ。

出社して自分の席に着き、早速仕事を始めようとした時だった。直属の上司である課長に、支店のヘルプに行ってくれとお願いされた。

「どうやらフロントとセールスが数名インフルエンザになっちゃって。工場長と販売課の数名で回してるらしいんだけど、どうにも手が回らないし、事務仕事が溜まっちゃって手に負えないから誰か寄越してくれって」

「あ、はい。わかりました。すぐ行きます」

酒井さんと離れられるのなら喜んで行きます、とばかりにすぐ荷物を纏《まと》める。足として使っている車のキーを課長から受け取り、その支店まで車で向かう。

現在人材不足でてんてこ舞いの支店は、意外にも基紀さんの事務所があるビルに近かった。

——帰りに基紀さんと待ち合わせとか……向こうの都合が合えばいけるかな？

なんて一瞬考えたけど、足の車を会社に戻さないといけないと気付き、無理だとわかってがっくりした。

支店に到着し、社員用の通用口から入り事務所に顔を出すと、すぐさま「救世主!!」みたいな目で見られてビクッとなった。

「た……鷹羽さーん!! ありがとうございます！ すみません〜〜！」

謝ってくれたのは工場長だ。工場長は三十代の男性で、何度か本社で会って挨拶《あいさつ》したことはあるが、こうして対面で会話をするのは初めてだった。

ちなみに私は普段本社勤務で、滅多に支店へは行かない。しかし数年在籍していると、皆その人本人に会ったことはなくとも、名前は聞いたことがあるという程度にお互いのことを知っている。

それに本社にいると各支店から問い合わせなどで電話をもらうことも多い。今、目の前にいる工場長も何度か電話のやりとりをしたことがあるので、声はよく知っている。

「いえいえ、お疲れ様です。それよりも、私、何からお手伝いしましょうか」

早速工場長から来客対応と電話対応をお願いされた。言われた通り、お客様が来店するとお茶をお出しして、電話が鳴ったら素早く取って、工場と連絡を取り合って隙間に経理の仕事をして……と業務をこなしているうちに、午前が終わってしまった。

――早ーい!! 忙《せわ》しなく働いてると時間が経つの、めちゃ早い!!

今日はあくまでもヘルプだし、自分の本業は本社の経理だ。でも、支店でこういう仕事をするのもいいなと思ってしまう。

十二時から十三時まで工場が休憩に入るので、販売課の社員やサービス工場に勤務する社員の休憩が終わるまで、フロントで電話番をするのが私の仕事となった。

十三時から休憩に入るのだが、お昼は持ってきていないので近くで調達しないといけない。

――どうしようかなー、近くのお弁当屋さんで買うか、それともコンビニで買うか……

フロントで悩みつつ、紙の仕事をしていると、不意に自動ドアが開いた。

「いらっしゃいませ」

条件反射で声をかけ、立ち上がろうとする。しかし自動ドアから入ってきたのは見慣れた顔で、一気に緊張が緩んだ。

「あ……なんだ、道茂《みちしげ》君か」

私になんだと言われて苦笑するのは、同期入社でこの支店のセールス担当の道茂真《まこと》君だ。

四年制大学を出て、新卒で入った道茂君も私と同じ年齢。元々営業職希望だったので支店に配属されたけど、研修の三ヶ月間は本社で一緒に学んだ仲なのである。

道茂君はすらりとしていて、スタイルがいい。基紀さんほどではないけれど身長もあるし、顔も整っているので客受けもいいらしい。

実際、彼のことを格好いい、と言っている後輩も何人か知っている。でも、当の本人はというとあまりモテを意識しておらず、ざっくばらん。今や数人となってしまった同期の中で、一番話しやすい人かもしれない。

「久しぶりだなー。今日、ヘルプだって？　さっき店長から連絡あった」

「うん。なんだか大変だったみたいね」

多分顧客回りをしてきたのだろう。大きい鞄を持った道茂君が、私の隣の椅子に腰を下ろす。

「まさか一度にあんだけ罹《かか》るとは……数日間は無事だった社員でなんとか回したけど、さすがにだんだんやばくなってきてさ。しかも時間差で罹《かか》る社員も出てきて。参ったわ。本社は大丈夫？」

「あー……確かにこの前まで小さいお子さんがいる人、インフルで休んでたよ。仕方ないよね、今流行《はや》ってるみたいだし」

お互い気を付けようなー、と確認し合い、話は終わりだと思っていた。が。

「あ。そうだ。昼飯これからでしょ？　俺もまだだから、一緒に行かない？」

まさかのお誘いに驚く。

でも、久しぶりに会った道茂君に話したいことがたくさんある。彼は私と酒井さんの折り合いが悪いことを知っている。

「あ、うん。いいよ。でも、二人で抜けて大丈夫かな」

「一時間くらいなら大丈夫だろ。午後は来店予約もそれほど入ってなかったし。心配なら隣でどう？　そこなら呼び出されたらすぐ戻れる」

「あ、隣？　いいね！」

そういえばこの支店の隣には地元の人に愛されて三十年の中華料理店があるのだった。

普段、昼食は一人で済ませているので、人と食べるというだけでもテンションが上がる。

何を食べるか考えているとあっという間に十三時になり、事務所から道茂君がやってきた。

「お昼行こっか」

「うん」

食事を終えたスタッフにフロントをお任せして店を出る。本当に支店のすぐ隣にあるので、徒歩三十秒もかからない。

建物はかなり古く、年配の社員によれば支店ができる前からここにあるのだという。

店名が書かれた看板が掲げてあるだけのシンプルな外観。でも、営業時間にこの店の前を通りかかると、中華スープだったり、ごま油といった中華料理特有の香りが辺りに広がり、めちゃくちゃ食欲をそそられるのだという。

——わかる……めっちゃいい匂いするもん……

カラカラン、という音と共にドアを開けると、すぐそこにいたスタッフの女性に席へ案内された。時刻も十三時ということで混雑のピークは越えたのだろう。だいぶ席にも余裕があった。

「はい」

余裕で四人は座れるテーブル席で、道茂君と向かい合って座り、彼にメニューを手渡された。

「道茂君、先に決めていいよ？」

「大丈夫。俺、もうメニュー暗記してるから。ここ、よく出前も頼むからさ」

「暗記かー。で、何にするの？」

「五目あんかけ焼きそば」

——美味《おい》しそうだな。

言われてちょっと心がぐらつきそうになった。でも、さっき時間をかけて何を食べるか考えてきたのが無駄になってしまう。

「私は定食を食べようと思ってて……んじゃ、酢豚定食で」

中華料理と聞いて頭に浮かんだのがまず酢豚だった。だからこれに決めた。

「オッケー。すみませーん」

道茂君の低いけれどよく通る声のおかげで、すぐにスタッフが来てくれた。こういう時、私のような弱々しい声だと店員さんが気付いてくれなくて、直接オーダーしに行くことがままある。

注文を終えて、改めて道茂君と目を合わせた。なんだかこうして一対一で食事をするのが久しぶりすぎて、笑えてきた。

「元気そうでよかった」

「え？　私？」

「そう。鷹羽、体弱いイメージだったから。研修中もさ、たまに辛そうにしてたじゃん。それでも同期の中でまだ辞めないでいるから、偉いなって」

多分生理中、具合悪くて顔が死んでいた時のことだろう。そんなイメージを持たれているのは、なんだかとっても恥ずかしかったし、情けなかった。

「体弱くてすぐ仕事辞めてたら生きていけないから……」

反論したら、まあそうだなと苦笑される。でもすぐ、道茂君の顔が神妙になった。

「それよりも酒井さんとはどうなの。あの人、相変わらずうちの支店でも評判は最悪だよ。電話した時の対応が、その日の気分で全然違うから」

「あー……」

正直、やっぱりな、という感想しかない。

酒井さんは支店でも評判がよくないというのは、ちょこちょこ聞く。電話での対応がそっけないとか、言い方がキツいとか。

目上の人には媚《こ》びるが、目下の社員にはキツく当たるのだ。私も後輩社員に何度相談を受けたかわからない。

「そのまんまだよ……昔から全然変わらない。むしろ子ども生んでパワフルになった気がする」

ため息まじりで答えると、道茂君も渋い顔をする。

「社歴長いからすっかりお局《つぼね》気分なんだろうなあ。でも、そういう態度を見て上の人達は注意したりしないの？　さすがにあれは俺でも酷いと思うけど」

「うーん……女性で彼女に物申す人はいないだろうなあ……何か言えば倍返ってくるし。かといって課長とか部長も、なんかもう匙《さじ》投げちゃってる気がする。積極的にどうにかしようって感じがさっぱりないの」

「まじか……そんな人に俺らがどうこうなんて言えないよな……」

「だよ……本当、それ」

二人で項垂《うなだ》れる。

道茂君には、同期会などで会うたびに酒井さんの愚痴を聞いてもらっている。

はっきり言って彼女の話なんかしたところで一ミリも楽しくないし、聞く方だって嫌だと思う。

それでも心配して毎回話を聞いてくれる彼の存在は、非常にありがたかった。

聞いてもらうことが直接、事態の解決にはならなくとも、私にとっては聞いてもらえて共感してもらえただけで、救われたような気になるから。

——本当に、道茂君の存在はありがたい……ずっと仲よくしてくださいって感じ。

「いっそのこと、鷹羽が異動すればいいんじゃないの？　本社にいればいつでも上に希望が出せるだろ」

「うーん、ちょっと考えてはいる。でもそれは、なんていうか、最終手段と思ってる」

「あんまり我慢しすぎると体に毒だぞ。適度なところで決断した方がいいんじゃないか」

「うん、それも……考えてるよ……」

——適度なところ、かあ……

ずっと慣れ親しんだ本社の仕事を手放したくなくて異動は避けていた。でも、半日支店の仕事を手伝ってみて、こういうのもアリかもって思った。

いっそのこと、支店への異動を願い出てみようか。だけど、場所の希望まで通るかどうか……アパートの近くならいいけれど、遠い支店への異動を打診されたら、それはそれで悩むなあ……

そんなに全てが自分の都合よくいくはずがない。それもあるから、異動を願い出ることをためらってしまう。

ぽつぽつ話をしていると、「お待ちどおさまー」と料理が運ばれてきた。湯気が出ている道茂君の五目あんかけ焼きそばと、私の酢豚定食。

「あんかけ、熱そうだね」

「そう。これ、がっつくと火傷《やけど》するやつな」

クスクス笑いつつ、二人で箸《はし》を取る。

酢豚定食にはご飯と味噌汁、それとお新香がついてきた。酢豚のお肉は豚のヒレ肉で、嘘みたいに柔らかかった。お肉はまあまあのボリュームがあるのに、どうしてこんなに柔らかくできるのか。秘訣を聞いてみたい。

「美味《おい》しー。お肉柔らかーい」

タレも酸っぱすぎずちょうどいい。ご飯が進むように上手くできている。

「美味《うま》いよなー。俺も前酢豚食ったけど、肉だけもっと欲しいって思った」

「はは。男の子だね」

運よく支店からの呼び出しもなかったので、ゆっくり最後まで食事ができた。

「お腹いっぱい。お昼、こんなにたくさん食べることってなかなかないから……」

ふー、とお腹を押さえながら、食後のお茶を啜《すす》る。

「まあ、誰かに愚痴りたくなったらいつでも呼んでよ。いくらでも聞くから」

「うん、ありがとう。助かる」

「だから、俺に何かあった時も話、聞いてね」

おちゃらける道茂君を前にすると、自然と笑顔になる。

ほんと、いい人だ。モテるのも理解できる。

——でも、なんで私、この人のこと好きにならなかったんだろうな？

心の中で首を傾げる。

私はこれまで、道茂君を異性として意識したことはなかった。別にタイプじゃないわけじゃないんだけど、多分同期として苦難を乗り越えた仲間意識の方が強いから、恋愛モードにならないのだろうな……と解釈している。

お昼は割り勘にした。道茂君は奢《おご》ってくれようとしたけれど、なんだか悪い気がして自分の分は自分で払った。

「別にいいのにこれくらい～。鷹羽はしっかりしすぎなんだよ」

「そんなことないし……ほら、借りを作るのも悪いじゃん……」

「こんなの借りのうちに入るかよ」

話しながら店を出て、すぐ隣の支店に向かう。その時、ちょうど目の前から数人の男性が歩いてきた。

全員スーツ。しかも全員顔面偏差値がやけに高い。

なんだこの集団は……と若干おののく。しかし、その中に見知った顔があることに気付いた瞬間、今度は驚きすぎてひゅっと喉が鳴った。

なんと、集団の真ん中にいるのは基紀さんではないか。

——え、えええ!?　なんでここに……

しかし、よく考えたら彼の事務所はすぐそこだ。きっと彼も昼食を終えて事務所に戻るところなのだろう。

さすがに目の前にいて気が付かないということもない。口をあんぐり開けて立ち尽くしていたら、基紀さんとバッチリ目が合ってしまう。彼も驚きで目を見開き、足を止めた。

「どうした？　知り合い？」

同僚の男性に声をかけられた基紀さんが、はい、と頷く。

「……鷹羽さん？　こんなところで会うなんて珍しいね」

一緒にいた男性達に先に行ってくれと断ってから、基紀さんが私と道茂君のところへ歩いてくる。

「あの……実はその、今日はそこの支店で仕事をしてて」

別に言い訳する必要などない。だが、なぜかしどろもどろになってしまう。

そんな私が気になったのか、隣にいる道茂君が私の耳元に小声で話しかける。

「鷹羽の知り合い？」

「あ、……う、うん……」

道茂君をちらっと見てから基紀さんに視線を戻す。が、基紀さんの表情がほんの一瞬強張《こわば》ったのを目撃してしまい、困惑する。

——なんかこれ……まずい……？

表面上は笑顔を保っている基紀さんだけど、私にはわかる。彼の全身から不快そうなオーラが立ち上《のぼ》っていることを。

そんなことに気付くはずもない道茂君は、爽《さわ》やかに基紀さんと挨拶《あいさつ》を交わしていた。

「鷹羽の同期で道茂といいます。セールスを担当しています」

「宇津野と申します。鷹羽さんとはプライベートで親しくさせてもらってます。そこのビルにある弁護士事務所で弁護士をしています」

弁護士と名乗った途端、道茂君が「えっ!!」と驚きの声を上げた。彼は胸元から取り出した名刺入れから名刺を道茂君に渡している。

「弁護士さんなんですか、すごいですね！　あ、これ私の名刺です。お車をご購入の際は是非よろしくお願いいたします」

「こちらこそ。何かありましたらいつでもお電話ください。鷹羽経由でも構いませんので」

基紀さんが笑顔のままチラリと私を見た。その視線が私に何を問うているのか、今の私には見当もつかない。

ただ、あまりいいことではなさそうな気がした。

「では、私はこれで」

笑顔で会釈《えしゃく》して歩いていく基紀さんの背中を眺めて数秒後。道茂君に呼ばれているのに気が付いた。

「おい。どうしたんだ？　あの人となんかあんの？」

「なんかあるっていうか…………ううん、なんでもない」

「ええ？　どうしたんだよ一体」

わけがわからない、という顔をされたけど、本当になんでもないからと白《しら》を切り通した。

きっとここは、恋人と紹介するのが正解だったんだと思う。

だけど、咄嗟《とっさ》に恋人であることを隠してしまった。

それは、年に数回しか会わない道茂君に敢えて恋人と紹介する必要はないのでは？　とか、仕事中に恋人の存在を明かすのもどうなんだとか、あの一瞬にいろいろなことを考えた結果だった。

普通、恋人ができたりすると嬉しさのあまりハイになるというのはよく聞く。もちろん私も嬉しいし、幸せなのでその気持ちはわかる。たまにぽーっと空を見つめて彼を思い出し、幸せに浸《ひた》ることは……正直、ある。

でも、基紀さんのようなハイスペックな人が相手だからこそ、必要以上に浮かれちゃいけないとブレーキをかける自分もいた。

――だって、必要以上に浮かれて、聞かれてもいないのに周りに恋人だって彼を紹介するような行動は、きっと基紀さんだって嫌なはずだ。そんなことをして、愛想を尽かされたら、それこそ立ち直れない。

だからさっきの私の行動は間違っていない。道茂君とは仕事上での付き合いしかないし、やましいことは何もないのだから、堂々としていればいいんだ。そう、自分に何度も言い聞かせた。

幸い道茂君が私と基紀さんの関係を、それ以上追及してくることはなかった。

それに安堵して、午後の仕事が始まると共に、基紀さんと会ったことはすっかり頭の片隅に追いやられていた。

午後も引き続き電話対応と接客、お客様が落ち着いた隙に事務処理をしていたら、あっという間に時間が過ぎ、終業時間となった。

「鷹羽さーん」

店長が笑顔で近づいてきた。店長は五十代半ばの、すらりとしたロマンスグレーの男性。こういう人がスーツでスマートに接客なんかしてくれたら、女性は嬉しいだろうなと思ってしまうくらいに、格好いい店長である。

「今日はありがとう。おかげでだいぶ仕事が片付いたから、ヘルプは一日だけで大丈夫そうだよ」

「あ、そうなんですね。わかりました。お役に立てて何よりです」

笑顔で言いつつも、心の中でがっくりと肩を落とした。

――なんだ、一日で終わりか……酒井さんがいないだけでこんなに気持ちが楽だとは……

本気で異動願いを出そうかな、とぼんやり思いながら、帰り支度をする。

ついでに本社に持っていく書類を纏《まと》めていたら、スマホが震えた。目の端で画面を確認すると、いくつか通知が来ていたことに気付く。

もしかして本社から重要な連絡が入ってた？　と慌ててスマホを手に取って確認すると、連絡をくれたのは本社ではなく、全部基紀さんだった。

——……!?　何事……!?

メッセージの内容は、仕事が終わったら連絡ください、何時に終わる？　迎えに行くけど……など。

用件については、一切触れていない。

——これじゃ、用件が全くわからないじゃない……

よく見ると通知はメッセージだけではなく、着信もある。

これだけ送ってくるって……やっぱり昼間のアレのせい!?　とドキドキしてくる。

——だ、大丈夫だよね？　誤解なんかしてないよね……??

焦りは募《つの》るが、これから乗ってきた車を本社に戻さなくてはいけないので、帰るまでにはまだ時間がかかる。

——とりあえず、遅くなることだけ先に連絡しておこう。

支店の社員に挨拶《あいさつ》をして車に乗り、急いで基紀さんに電話をかけた。

『はい』

二コールしたかしないかでもう彼の声が聞こえてきた。内心、早いなと思いつつ、口を開いた。

「ごめんなさい、何度も連絡もらったみたいで」

『ああ……いや、ごめん。待てばいいのに我慢ができなくていくつもメッセージを送ってしまった。

で、終わった？　会いたいんだけど』

「……もしかして、会いたいから連絡くれたの？」

『もちろん。他に何があるの』

淡々と言われて、少しだけ肩透かしを食らう。

──あれ……あの勢いだと絶対昼間のことを問い質《ただ》されるかと思ったのに……

「う、ううん……あの、実はまだ仕事中なの。これから車を本社に戻して、それから帰るから」

『じゃあ、本社の近くで待ってるよ』

「え？　でも、時間かかるけど……」

『いいよ。カフェで仕事しながら待ってるから』

──遅くなるのにいいのかな？　でもまあ、会えるならそれはそれで嬉しいからいいんだけど。待っててくれることは素直に嬉しい。だからそれ以上突っ込んだことは聞かなかった。

「わかった。終わったら連絡するね」

とりあえず、なる早で行動しなければ。

スマホをバッグにしまい、エンジンをかけてハンドルを握る。もちろん安全運転を心がけつつ、急いで本社に向かった。

本社に到着し、業務報告をしたり預かった書類を各所に届けたりしていたら、基紀さんとの通話から一時間以上が経過していた。

――結構時間かかっちゃったなー……

腕時計に視線を落としつつ、基紀さんに申し訳ない気持ちで会社を出た。連絡を入れ、指定されたカフェまで小走りで急ぐ。

そこは会社から徒歩三分くらいの場所にあるカフェチェーン。私が会社を出て通りかかる時はいつも混み合っているけれど、夜の八時近い今は、だいぶお客の入りがまばらだった。

店に入り、左右を見回すとすぐ、壁側の席でパソコンを開いている基紀さんの姿が視界に入った。

――いた。

「基紀さん」

彼に近づきながら声をかけると、パソコンに視線を落としていた基紀さんが顔を上げる。

「ごめんなさい、お待たせしちゃって……」

滑り込むように彼の前の席に座った。

基紀さんは私の顔を見るなり、わかりやすく頬を緩ませる。

「いや、仕事してたから全然待った気がしないよ。それよりもお疲れ様。今日は遅かったね」

注文を取りに来てくれたスタッフの女性にアイスティーを頼んだ。急いで来たので、冷たいドリンクを一気飲みしたい気分だった。

まずは、なぜ私が支店にいたのかを説明した。基紀さんはパソコンを閉じ、コーヒーを飲みながら話を聞いてくれた。

「へえ……そりゃ、その支店の皆さんも大変だったね。感染症ばかりはなあ……うちの事務所も一時期流行《はや》って、予定がだいぶ狂ったことあるから」

「まあ、そういうわけで、あの時は支社の隣にある中華料理店でランチをした帰りだったの。まさかあんなところで基紀さんと会うなんて思わなかったから、びっくりした」

「俺も」

そう言って、彼はカップをソーサーに置いて無言になった。

普段はこれくらい特に気にならない。

なのになぜだろう。今日はなんだか、いつもと何かが違うと敏感に察知してしまった。

やっぱり道茂君のことが気になっているのだろうか。

「あの、昼間一緒にお昼を食べてた道茂君は、同期なの。それだけだよ？」

「そっか、同期ね。なるほど」

あっさり理解してくれたように聞こえる。でも、まだ何か含みがありそう。

「ねえ……基紀さん、何か変だよ……本当にわかってくれた？」

昼間のメッセージとか、急に会いたいとか。これまでの基紀さんならしないようなことばかり。

もしかして仕事で何かあったのだろうか。

「もちろんわかってるよ？」

淡々と答えられて、なんと言っていいか困る。変と言ったのは自分だけど、具体的にどこがと言葉にするのが難しい。

「だって、いつもの基紀さんじゃないっていうか……様子が違うから」

「いつもの俺……ってどんなだっけね？」

「私に聞かないでよ……」

基紀さんがクスクスする。

「いや、ごめん。あのね、今はまだ感情を抑えているところだから、ちょっと待っててね」

「……感情を、抑えている……？」

なんのことか全然わからない。

頭の中がクエスチョンマークだらけになりながら、注文したアイスティーを一気に飲み干して、二人で店を出る。

彼は近くにあるパーキングに車を停めていたらしく、そこまで並んで歩く。すると、歩き出してすぐに彼の手が私の腰に回されて、ビクッとしてしまった。

「わっ！」

思わず身を捩《よじ》って、隣にいる基紀さんを見上げた。

驚く私を見て、彼が怪訝《けげん》そうな顔をする。

「そんなに驚かなくてもいいのに」

「いやだって、いきなり腰を触られたら、普通びっくりする……」

「いいから、来て」

私の腰を抱きかかえたまま、彼が歩く速度を上げた。ぎりぎりついていける速さではあるけれど、なぜこんなに急ぐ必要があるのか、さっぱりわからない。

——な、なんなの？　しかもまた黙り込んじゃったし……

今日の基紀さんはわけがわからない、と思っているうちに駐車場に到着。基紀さんが私のために、助手席のドアを開けてくれた。

「あ、ありがとう……」

「いや」

私が乗り込んだのを確認し、すぐにドアを閉めた。そして運転席側に回り込んできた基紀さんが、素早く席に座りエンジンをかけ……るのかと思いきや、なぜか私に覆い被さってくる。

「えっ⁉　な……っ」

何⁉　と言う前に口を塞がれてしまう。しかも頬を両手でがっちりと押さえられてしまい、顔を動かすこともできない。

「ん……っ、もとっ……」

しかも唇を押しつける力がこれまでのどのキスより強い。舌の動きも性急で、上顎《うわあご》をなぞられると背筋がゾクゾクした。

——な……何これ……！

基紀さんの勢いに圧されて、無意識に顔を背《そむ》けようとする。でも、顔を動かそうとすると吐息すら逃さないとばかりに彼が追いかけてきて、また角度を変えてキスをされてしまう。

――だめだ、逃げられない。

多分、今の基紀さんに抵抗してはだめだ。そう判断して、彼にされるままキスを受け入れる。

時間にしたら二、三分の出来事だったと思う。でも、内容の濃さはこれまで経験したキスの中では群を抜いていた。

肩で息をしながら無言で基紀さんを見つめる。

「ごめん」

さすがにばつの悪そうな顔をして、向こうから謝ってきた。

「キスはその……い、いいんだけど……今日の基紀さんやっぱり変だよ」

「……変って。俺をこんなにさせたのは朋英だろ」

今度は打って変わって彼の眉間に深い皺《しわ》が刻まれる。あからさまにムッとされて、こっちが戸惑った。

「私!?　私が何を……」

「いくら同期だからって、男と一緒にいるところを見て俺が何も思わないと思うのか？」

「へっ」

理由がわかった途端、ちょっとだけ気が抜けた。

――や……やっぱりそれが原因か!!

「え、あの……さっき話した時、全然気にしてないみたいな顔してたのに!! そこまで気にする!?」

「するだろ。あんな爽《さわ》やかイケメンが恋人の隣にいたら。おかげでこっちはモヤモヤして、午後は仕事にならなかったよ」

「さ、爽《さわ》やかイケメン……」

まあ、確かに。

道茂君は傍《はた》から見れば爽《さわ》やかイケメン営業マンだ。それは否定しない。

でも彼とは、入社以来ただの同期でしかない。色っぽい雰囲気になったこともないし、飲み会ではいつも酔っ払ってハイテンションで騒ぐ道茂君を冷めた目で見ているくらい、彼にときめいたことは皆無といっていい。

――納得している場合じゃない、ここはちゃんと誤解を解かないと……

「誤解です。私、これまで道茂君のことを男として意識したことなんかないから」

きっぱり言ったのに、まだ基紀さんは懐疑《かいぎ》的だ。

「本当かな～～……俺が女だったらときめくよ、あんないい男」

ああ言えばこう言う。じゃあもうどうしたらいいのか。

「そんなの好みの問題でしょ? ……信じてくれないんだったら、もういいです。私、帰ります」

ため息まじりに助手席のドアを開けようとしたら、素早く手を掴まれて、ドアを開けるのを阻止された。

「待って。行かないで」

振り返れば、悲しそうな顔をした彼がいる。

そんな顔をされたら、放っておけなくなるではないか。

「……ねえ、本当に道茂君とはなんでもないよ？」

「うん」

「じゃあ、もう詮索しない？」

「しない」

真顔できっぱり断言される。

なんだこの変わりようは。

「さっきまで全然信じなかったくせに……」

「朋英に嫌われたくないからです。ごめん。だから行かないで」

運転席から腕を伸ばし、ぎゅうっと抱き締められる。こんな風にされちゃうと、惚れた弱みで突っぱねられない。

「わかりました……帰らないよ」

「朋英」

ここが駐車場だということを忘れそうになるくらい、しばらくの間甘いキスで蕩《とろ》かされる。

しかし駐車場の入り口の方からエンジンのかかる音が聞こえて、慌ててパッと基紀さんから離れた。

——あっ、ぶな……

「こ、ここでは、その……」

乱れた髪を直しながら助手席で小さくなる。基紀さんは残念そうにしていたけれど、苦笑しながら運転席に戻り、エンジンをかけた。

「そうだね。じゃあ、続きは俺の部屋でいい？」

「えっ⁉」

てっきり今夜はこれで終わりだと思っていたのに。

「何その顔……まさかこれで帰るつもりだったとか？」

「……」

——そのつもりでした……

「まだ帰さないよ」

笑いまじりだけど、言い方にどこか有無《うむ》を言わせないという圧を感じる。

思い切り束縛されてるなーと思いつつ、どこかでそれを嬉しく思う自分がいた。

だって、これまでの人生で束縛されるなんてこと、一度もなかったから。

――多分これを他人が聞いたら、変な奴と思われるんだろうなあ……

などと思いながら、彼の部屋に向かった。


「ふあああ……」

翌日。出勤途中だというのにあくびが止まらない。

というのも、昨夜彼の部屋に行って、そのまま朝まで帰してもらえなかったからだ。

一晩中愛されまくって、ヘトヘトになって寝落ちしたのはなんとなく覚えている。

かなり体力を使ったはずなのに、朝起きてからも彼はなかなか私を放してくれなかった。私の足に自分の足を絡めてがっちりホールドしている彼からどうにか逃れ、朝食を作り、一緒に食べて、車でアパートに送ってもらった。

――平日の朝なのに、一体何をやってるんだ私は……

でも彼からの愛をたっぷり受け取ったおかげか気持ちはかなり充実している。これも愛の力か。

とはいえ眠気ばかりはどうしようもない。さすがに仕事があるので二度寝するわけにもいかず、支度して出勤したのである。

――しかし、昨夜の基紀さん……やけに色っぽかったなー……

『朋英、こっちに来て』

部屋に到着するなりすぐに寝室へ連れていかれ、そういう流れに。

キスをして、首筋や胸への愛撫《あいぶ》を軽くしてから、ショーツの中に手を入れられ、指でとろとろになるまで愛撫《あいぶ》された。

『ほら、こんなになってるよ？　欲しいなら欲しいって言ってごらん。でないと……あげないよ？』

いつもと違って少しだけ意地悪な基紀さんに、内心ではドキドキしていた。

でも、それを悟られたくなくて、必死で隠した。

『ひ、ひど……こんなにしたのは基紀さんなのに……ひゃっ!!』

話している間も彼の愛撫《あいぶ》は止まらない。

二本の指で私の中を掻き回し、もう片方の手で襞《ひだ》を広げて、露出した蕾《つぼみ》をきゅっと摘《つま》んで刺激を与えてくる。

あっ、やっ、だめっ、と声を上げる私を涼しい顔で眺めつつ、彼の口元が弧を描いた。

『うん、そうだね。でも、言ってくれないと挿《い》れてあげない』

これってきっと、昼間のお返しだと思った。ちょっと悔しい気はしたけれど、道茂君と一緒にいて彼に疑念を抱かせてしまったのは事実なので、素直に従った。

『……っ、も、基紀さんが、欲しい……』

『いい子』

満面の笑みで私の中から指を引き抜き、見せつけるようにそれを一舐《な》めすると、彼がスラックスのベルトを外して、ファスナーを下ろした。

『じゃあ、ご褒美《ほうび》をあげないと』

ショーツの股間部分が大きく膨らんでいるのが見えて、思わず目を逸らしてしまった。その隙に彼は避妊具を装着し、私の股間にその硬くなったものを宛がった。

『挿《い》れるよ』

宣言してすぐ、グッと硬いものが私の中に押し入ってくる。

『っ……!!　あ……』

熱くて硬い昂《たかぶ》りに貫かれて、無意識に背中が反《そ》った。

彼の腕をグッと掴み、視線を合わせる。目が合うと、基紀さんの頬が緩んだ。

『……っ、朋英のナカ、あったかいな』

口調は穏やかだけど、動きは違う。ガツガツと奥を突かれて息つく暇もない。

『あっ、やだ、や……き、きちゃうう……!!』

『可愛い。もっと俺で気持ちよくなって……朋英』

『あ、んっ…………!!　は、ああっ、あ……!!』

しかも挿入以外にも、胸や股間への愛撫《あいぶ》は続いていて、気が付けば一度のセックスで私ばかりが何度もイかされてしまった。

本当に、昨夜の基紀さんはすごかった。

——思い出すと恥ずかしい……あ、あんなに乱れてしまうなんて……

今度基紀さんに会った時、どんな顔をすればいいのか本気で悩んでしまう。

昨日からずっと頭の中が基紀さんでいっぱいになっていた私だが、出勤した途端、それが一気に吹っ飛んだ。

というのも、私のデスクの上に書類と、明らかに酒井さんの字と思われるメモが書かれた付箋《ふせん》がいくつも貼り付けられていたから。

「……何これ……」

ちょっと待って、状況を落ち着いて整理しよう。

書類は、元々酒井さんが担当している業務に関するものだ。別に難しいものでもなんでもない。

それがなぜ私のデスクに積み上がっているのか。それを問い質《ただ》そうにも酒井さんの姿がフロアにない。

仕方なく直属の上司である課長に訊《たず》ねたところ、酒井さんはお子さんが体調不良で、急遽昨日の午前中に早退し、今日は休みを取っているのだという。

お子さんの体調不良という理由なら早退も休むのも仕方がないと思う。それに関して文句を言うつもりはない。

ただ、昨日は私もヘルプで支店に行って不在だった。なのになぜ、昨日、急ぎ連絡をくれというお得意先からの電話対応すら私に丸投げなのだ。

それはどうしても解せなかった。

さすがに私の我慢にも限界がある。この件に関して課長に不服を申し立てたら「えっ!!」と驚かれた。

「いや、酒井さんからは、急ぎじゃない書類だけ鷹羽さんにお願いしていいかって言われただけで、電話の件は聞いてない」

――なんですって。

一応証拠として、電話してくれと酒井さんの字で書かれた付箋《ふせん》を課長に見せる。その途端、課長がわかりやすく頭を抱えた。

「……申し訳ない。鷹羽さん、本当に申し訳ないんだが、担当者に今すぐ連絡してくれないか。相手の反応次第では上に報告して、菓子折持って謝罪に行かないといけなくなるかもしれん」

思ったよりも大事《おおごと》になりそうな案件に、課長だけでなくこっちまで胃が痛んでくる。

後輩に失態の尻拭いをさせる先輩か……と、心の中で大きなため息をついてから、席に戻って受話器を取った。

「本当に申し訳ございませんでした!!」

電話の相手は長年弊社と付き合いのある板金工場の社長だ。先代の社長の後を継いだ二代目社長は、まだ三十代。若いが腕はいいともっぱらの評判らしい。

そんな社長を相手に、見えないとわかっていながら何度も頭を下げた。下げすぎて、机に頭がくっついてしまいそうなほど、とにかく連絡が遅くなったことを謝罪する。

どんなお叱りの言葉がくるのかとビクビクする私に、相手からは意外な言葉が返ってきた。

『いやいや、酒井さんが悪いんであって鷹羽さんは悪くないから。ていうか、こういうことは今までにも何度かあったんだよ。鷹羽さん、聞いてない？』

「え。何度も……ですか？　生憎《あいにく》、私は何も……」

受話器の向こうから社長のため息が聞こえた。

『やっぱりな。酒井さんって隠蔽《いんぺい》体質だよね。……急ぎだって言ってるのに後回しにするし、入金だって忘れられて、こっちが電話して慌てて振り込まれたこともある。正直、何度も担当者を代えてくれってお願いしているのに、一向に代えてもらえないわけ。この際、今後は鷹羽さんに担当してもらいたいんだけどだめかな。もうね、本音を言えば酒井さんの声も聞きたくないんだよね』

——なんと。

取引先から聞かされた衝撃の事実に、今度は私が頭を抱えたくなった。

電話を終えて課長に今の話を伝えると、渋い顔をして大きなため息をつかれてしまう。

「酒井……勘弁してくれよ……」

「ど、どうしましょうか。先方はもう担当を代えてくれって」

「……ここで俺が酒井に担当を代われと言って、あいつが素直に言うことを聞くかねー」

投げやりとも思える上司の態度に愕然《がくぜん》とする。

——そんな。上司である課長がそんなこと言わないでよ……

「情けない話だけど、本社にいる期間は酒井の方が長いから、あいつは俺のことを下に見てるんだよ。多分、俺よりももっと上から言われない限り従わないだろうな」

確かに、課長は元々支店のセールスを担当していて、数年前本社に異動してきた。それでも役職は酒井さんよりずっと上なのだから、それ相応の仕事をしてもらいたい。

しかし、意味ありげに向けられた視線で、ああ、この人は結局何もしてくれないんだなとわかってしまった。

「それにさ、俺が酒井さんに何か言うと、怒りの矛先《ほこさき》が鷹羽さんに向く可能性があるだろ?」

「……それはなんとも言えませんけど……」

課長の言葉がもっともすぎて、否定できなかった。

実際、私が電話のことを課長に報告しなければこの件はバレなかったのだ。酒井さんのことだ、私が課長に話したとわかれば烈火の如《ごと》く怒り狂うだろう。

「とにかく、先方には俺も謝罪しておくから。担当を代えるかどうかは、もう一度先方と話し合って、最終的に上と相談して決めることになると思う」

「はい……よろしくお願いします」

そう言いながら、課長からは酒井さんに関わりたくないという雰囲気がめちゃくちゃ出ている。

上司がそんな感じじゃ、部下はどうしようもないではないか。

――はあ……私生活が充実してても、仕事がこれじゃあ……

基紀さんの存在のおかげで、気持ちが救われてるし、幸福感をたっぷり味わっている。彼に会ったあとは、エネルギーをしっかり充電できて明日も頑張ろうと思えるのに、こんなことばかりあってはエネルギーなんかいくらあったって足りやしない。

がっくりしながら酒井さんに頼まれた仕事を一つ一つ片付けていく。どれもこれもたいして難しいものではないのに、どうしてこんなにたくさん仕事を溜め込むのか。

——時短勤務だからって、この量を一日で処理できないなんてこと、ないと思うんだけどなあ……

心の中で何度も首を傾げつつ作業をしていると、いきなり視界に人の手が入ってきた。

「お疲れ様」

聞き覚えのある声にビクッとする。恐る恐る視線を上げると、無表情の住野さんが立っていた。

——一難去ったと思ったら、また一難……!!

泣きたい心境だが、グッと堪《こら》えて笑顔を作る。

「お疲れ様です……」

「課長なんだって？　酒井さんのことどうするって？」

神妙な顔で聞いてくる住野さんに違和感を抱いた。

——この前は私にどうにかしろって言ってきたのに？　あ、それかこのあと、また文句言われるのかな。私がしっかりしないからだめなんだ、って……

「あー……あの、課長が何か言ったところで酒井さんは言うことを聞かないだろうから、上と相談してみるそうです」

「は？　なんのための課長職よ……」

わかりやすく不機嫌になる住野さんに、こっちが戦々恐々《せんせんきょうきょう》とする。

住野さんは私にチラリと視線を向けると、気まずそうに目を逸らした。

「そんなにおびえないでよ。……私もこの前はちょっとキツく言いすぎたと思って、反省してるのよ。落ち込ませてたら悪かったわ」

「え……あ、いえ……」

まさか住野さんが謝ってくれるとは思わなかった。そのせいで、面食らってポカンとしてしまう。

「でも、鷹羽さんがいつも酒井さんに言われっぱなしでいるのは、正直イライラしてる。あなたが反抗しないから、酒井さんがやりたい放題なのよ」

謝ってくれて嬉しかったのに、イライラしていると言われて凹《へこ》んだ。

「そう言われましても、やっぱり先輩に面と向かってはなかなか言いにくいです」

「それはわかるけどさ。でも、言われたらすぐ上司に報告するくらいはしていいと思うのよ。今回みたいにね」

「あ……今回はその、相手がいることだったので……。普段は、私さえ我慢すれば済むことが多いと言いますか……」

「我慢ばっかしてたら体に悪いわよ。鷹羽さん、ただでさえ体弱いみたいだし」

全くもってその通りすぎて、更に凹《へこ》む。

「じゃ、じゃあ……住野さんは酒井さんに言い返したり物申したりしたことがあるんですか？」

おずおずと訊《たず》ねたら、あっさり「あるわよ」と返ってきて、住野さんを凝視する。

「あるんですか⁉　そ、その時の酒井さんの反応は……」

「逆ギレされたわよ。でも、それ以来、私に何か頼んでくることはなくなったわね。ただ、陰でめちゃくちゃ悪口言われてるみたいだけど」

くっくっく、と住野さんが肩を揺らす。

なんだか悪口を言われていることすら楽しんでいるようで、ますます住野さんという人がよくわからない。

「今回だって大した仕事してないくせに、子どもが熱出したって保育園から電話が来た途端、自分の仕事を全部周りに振り始めてさ。もちろん仕事が遅れるのはまずいし、他の人だったら構わないんだけど、酒井さんのはどれもこれもあの人がやらないで放置してたものばかりでしょ？　仕事振られた人が憤慨《ふんがい》してたわよ。なんで今頃こんな書類が出てくるんだってね」

――あ、そうなんだ。私だけじゃないんだ、彼女の仕事を振られたのは……

気になるのはそっちか、と住野さんに突っ込まれそうだったので、口にはしなかった。

「これで上に話がいって、どう判断されるかよね。さすがに全くお咎《とが》めなし、配置換えもなし、はないと思うけど……」

「そう、ですね……」

本当に、これで酒井さんに注意の一つもしないような会社なら、本気で転職を考える時なのかもしれない。

――全くもう……一体いつまで酒井さんに振り回されるんだろう……

住野さんと意識共有ができたことはいいけれど、状況は何も変わっていないのだ。

その事実を思い返すと、やっぱり自然とため息がこぼれてしまうのだった。


「なんだか今日は元気がないね」

基紀さんとの食事中、指摘されてハッと我に返った。

課長や住野さんと酒井さんについて話し合った二日後の夜。私は基紀さんに誘われてビルの高層階にあるフレンチレストランに来ていた。

窓の外には都会の夜景が広がり、目の前には好きな人と美味《おい》しい料理。これ以上ない最高のシチュエーションだ。

「え、ううん……大丈夫。普通に元気だよ」

「そうかな。なんだかいつもよりぼんやりしている時間が長い気がするんだけど。何か困ってたりする？　相談ならいくらでも乗るよ」

「あはは。さすが弁護士先生」

……なーんて言って誤魔化しはしたけど、内心ではめちゃくちゃびびっていた。

――な、なんでわかったんだろ……そんなに顔に出てたのかな。……気を付けよ……

実は今日の昼間、課長が酒井さんを呼び出して直接今回の件を注意したらしい。

突発的な事情に備えて、日頃から仕事を溜め込まない、早退や欠勤は仕方ないにしても、急ぎの案件は優先的に責任をもって片付ける、もしくはその旨をしっかり引き継ぎし、先方にご迷惑をかけないようにする。

こうしてみると社会人として初歩も初歩の約束事ばかりだが、これらを課長が改めて酒井さんに注意したところ、案の定というかなんというか、酒井さんがものすごく不機嫌になったらしい。

別に、私がまた酒井さんに何か言われたわけじゃない。

『でも課長ー。こっちだって休みたくて休んでるんじゃないんですよ⁉　子どものことだから仕方ないわけだし……それに、溜め込んでるって言いますけど、期日は守ってるはずですけど⁉』

酒井さんが声を荒らげるのが聞こえたという社員があとで教えてくれた。全く悪びれていなかったと。

『いや、明らかに期日を過ぎたものも含まれてたよ。君、そういうのちゃんとチェックしてるの？』

『してますよ～!!　おかしいですね、誰かがわざと古い書類を交ぜたんじゃないですか？　酷くないですか～？　私だって子どもの看病で大変だったのにー』

自分の非を認めないどころか、人のせいにしようとするこの根性。

さすがにこれには課長も呆れ果てて白旗を揚げざるを得なかったらしい。

『あれは俺の手には負えん。……部長に相談する』

酒井さんが夕方四時で上がったあと、それとなく課長に聞いてみたらそう返ってきた。

部長に相談してどうにかなればいいけれど、それで何も変わらなかったら？　酒井さんが上手く言い逃れて、全てがうやむやになったら？

——そうしたら、本気で転職を考えないといけなくなる……

もちろん、デート中にこんなことばかり考えていたら、目の前の基紀さんに失礼だと重々承知している。でも、私にとっては今後を左右する大きな問題なのだ。どうしたって、考え込まずにはいられない。

もちろん、基紀さんに相談すれば親身に相談に乗ってくれるだろう。でも、せっかく楽しそうにしている基紀さんに、こんな暗い話をしたくなかったし、彼を私の事情で悩ませるのも嫌だった。

恋人と会っている時は、仕事を忘れて楽しむのがセオリーというもの。それなのに、つい仕事のことを考えてしまう。それでも、仕事のことは極力口に出したくなかった。出せば更に思考が仕事に支配されてしまいそうな気がして、せっかくの楽しい時間が台無しになりそうだったから。

——だめだだめだ。忘れなきゃ。今だけは……

「でも、冗談じゃなくてさ。本当になんでもないの？　やっぱりどう考えても元気が……」

「い、いや！　大丈夫!!　元気だよ。なんか、場所が場所だけに緊張しちゃって……だからじゃないかな」

緊張？　と首を傾げながら、基紀さんが何か考え込む。

「そっか。もっと気楽に食事ができるところの方がよかったのか……」

「えっ」

「いや、職場の人に勧められて予約したんだけど、もっとカジュアルな店にすればよかったな」

はあ……とため息をつく基紀さんを前にしたら、途端に申し訳なさが押し寄せてきた。

――そ……そんなことないのに!!　ちゃんと言わなくちゃ……!!

「いやいや、違うから！　ここのお料理はどれも美味《おい》しいよ！　ほら、メインのお魚なんか、食べたことがないくらい柔らかかったし、口の中で蕩《とろ》ける美味《おい》しさだったよ！」

いかに今日のお店が素晴らしかったか話していると、頬に手を当ててじっと私を見ていた基紀さんが、フッ、と微笑んだ。

「えらく必死だね？　こんな朋英、あんまり見ないよ」

「……そうかな。だって、この先フレンチが食べられなくなったら悲しいし……」

「ははっ、確かに。いや、最後にするつもりなんかないけどさ。事前に朋英へヒアリングすべきだったなって反省しただけ」

「あ、そう……」

なんだ、よかった。

食後のコーヒーを飲み終わった基紀さんがさて、と改まる。

「このあとなんだけど、行きつけのバーがあるんだ。そこに行ってみない？」

「行きつけの、バー……」

正直に言うと、生まれてこの方バーと言われる店に行ったことがない。

しかも行きつけだなんて。

なんだかんだ言ってさすが弁護士。きっと訴訟のあととか、疲れを癒《い》やすためにそういうお店に行って、お洒落にお酒を飲んだりしてきたのだろうな、と想像する。んで、そういう場所で女性と出会ったり……

勝手に想像して、勝手にモヤるという。

「何をやってるの、私は……」

「え？　何？」

「ううん、なんでもない。じゃあ、行ってみようかな。基紀さんの行きつけのバー」

お酒を飲みたいわけじゃないけど、バーがどんなところか気になる。それに、私と出会う前の基紀さんが、普段どんな場所に行っていたのか見てみたい。

まだ仕事のことは頭の片隅にあるけれど、好奇心が勝《まさ》った結果、彼の行きつけというバーに連れていってもらうことになった。

そのバーは、彼の職場から近い雑居ビルの地下にあった。

——ここなら、この前ヘルプで行ったうちの支店とも近いなあ……

目的地であるバーの他にも、スナックやラウンジが入るビルは、私にとって異空間。この年になってもまだ未経験なことってあるもんだなあ、と興味津々でバーのドアを開けた。

重厚な黒いドアを開けると、すぐ目の前にオレンジ色のライトに照らされた店内が広がっていた。思っていたよりも中は広く、カウンターの他にテーブル席もある。そこでは、年配の男性や女性が、ソファーに深く腰を下ろして、大人の時間を楽しんでいるようだった。

見るからに場違いそうな場所に、私は若干怖《お》じ気《け》づく。

「朋英？」

前を歩く基紀さんが振り返る。

「あ、いや。なんでもないです……」

どうぞどうぞ、と先に行くよう進めると、基紀さんが私の手を取り、店の中へ進んでいった。

「あ、宇津野さん。お久しぶりですね」

カウンターの中にいるマスターらしき男性は、多分四十代から五十代くらい。長めの髪を襟足《えりあし》で一つ結びにしているが、顔立ちがはっきりしたイケメンなので迫力と色気がすごい。

——イケメンでバーテンとか、絶対モテるやつ……!!

そのマスターに笑顔でいらっしゃいと声をかけられ、慌てて会釈《えしゃく》した。

「カウンターでも大丈夫？」

基紀さんに聞かれて、咄嗟《とっさ》にうん、と頷く。

――テーブル席の方が気楽かと思ったけど、マスターの所作が見えるのは楽しいかも。

そうそう来るような場所でもないし、せっかくだから楽しんだ方がいいだろう。

カウンターの端っこに腰を下ろすと、マスターがすすすと近づいてきた。

「何飲まれます？　メニューにないものも言っていただければお作りしますよ」

革のカバーに包まれたメニューを広げ、ざーっと見る。

――ないものも作れる……と言われても、カクテルの種類をあまり知らないからな～

とりあえず過去に飲んだことがあるモスコミュールをお願いした。

「かしこまりました。宇津野さんは？」

「俺ジンバック」

いつの間にかジャケットを脱いでいた基紀さんが、カウンターに腕を置いた。

「了解です。ちなみに、こちらのお連れ様は宇津野さんの彼女さんですか？」

グラスの用意をしながら、マスターがちらりと私と基紀さんに視線を送ってくる。

「そうです」

即座に肯定した基紀さんに、マスターが苦笑する。

「即答ですか」

「だって、付き合ってもらえるまで俺、すごく頑張ったんで。あんなに頑張ったのは司法試験の時以来っていうね……」

いくらなんでもそれは大げさすぎやしないか。

「それは嘘ですね」

私が断言したら、基紀さんがギョッと目を剥《む》く。

「嘘じゃないって!!　朋英に見えないところですごく頑張ってたんだよ、俺」

「ちなみに……どこら辺で？」

「いやだから、ほら。朋英に会いに行くために、定時で上がれるよう昼休憩を使って仕事を片付けたりとかね？　あとは朋英が好きそうな店を同僚に聞きまくったりとか。他にも……」

どうやら他にもあるようだけれど、すぐにあれこれ浮かんでこないようだ。

でも、あたふたする基紀さんが可愛くて、それだけでほっこりした。

「うそうそ。いつもありがとう。忙しいのに会う時間を作ってくれて感謝してます」

「やった、感謝された。聞いた？　マスター」

「え。なんですか。聞いてなかったです」

クスクス笑っているところを見ると、ちゃんと聞いてたな、マスター。

私達と会話をしつつ、手はしっかりと動かしているのがすごい。最後にマドラーでくるっと一混ぜしたあと、私達の前にコースター、そしてグラスを置いた。

「モスコミュールと、ジンバックです」

目の前に置かれたグラスを早速手に取り、口をつける。辛みのあるジンジャーエールベースの、ライムの香りが爽《さわ》やかなカクテルだ。飲みやすいので、アルコールが入っていることを忘れてグイグイ飲んでしまいそう。

「美味《おい》しいです。いくらでも飲めちゃいそう」

「ありがとうございます。でも、くれぐれも飲みすぎには気を付けてくださいね」

マスターに微笑まれ、釣られてこっちまで笑顔になる。

――いい店だなー、ここ。基紀さんが行きつけにしている理由がなんだかわかる気がする。

適度に話してくれるマスターの人柄もあるけれど、仕事帰りにここで一杯飲んで帰るって最高じゃないかな？

隣にいる基紀さんは、カウンターでグラスを手にする姿がえらく様《さま》になっている。それに、心なしかいつもよりリラックスしているように見えた。

私も仕事帰りに今度寄ってみようかな、なんて思いながらカクテルを飲んでいた時、店のドアが開いてお客さんが入ってきた。

「こんばんは～」

入ってきたのは女性の二人組。見た感じは私達とそう年齢も変わらない。Ａ４サイズが入るバッグを肩にかけて、足元はパンプス。外見だけで判断すると、仕事帰りのＯＬさんっぽい。

どうやら彼女達もこの店の常連らしく、すぐさまマスターと目配せしていた。

「えーと、じゃあテーブル席に……って、あれ、宇津野さんじゃない？」

基紀さんの姿を見つけた女性が、カウンターの側で立ち止まった。

名前を呼ばれた基紀さんが「ん？」と振り返ると、彼女達の表情がぱーっと明るくなる。

「あ、やっぱり!!　久しぶり〜!!」

ロングヘアの女性が、すぐに基紀さんへ歩み寄り背中を叩く。もう一人のボブヘアの女性は静かに彼の隣に座り、じっと彼の顔を見つめた。

「久しぶりじゃん。最近どうしてたの？」

――どうしてたの……って、タメ口……

今の女性の一言で、わかりやすく私の胸にモヤモヤが生まれる。

「どうって、仕事してたよ。あと、彼女できたからデート」

さらっと答える基紀さんにこっちが驚いた。そして驚いたのは私だけでなく、女性二人も言葉を失っていた……ように見えた。

「えー!!　彼女って……もしかして、その子!?」

二人の視線が私に集まる。咄嗟《とっさ》に人見知りを発揮して、嫌だなと思ってしまった。けれど、ここで嫌な態度を取ると基紀さんのメンツが丸つぶれだ。そんなことできるはずもない。

「こんばんは……」

笑顔を張りつけて二人に会釈《えしゃく》する……が。

ここって自己紹介するべき?? と迷ってしまう。

――べ、別に求められてないから、いいか。

私の挨拶《あいさつ》に最初に反応してくれたのは、基紀さんの隣に座ったボブヘアの女性だった。

「どうも~。私達もこの店の常連なの。宇津野さんとはここで会うたびに一緒に飲んだりしてた仲でーす」

「そうそう。なんせ宇津野さん、この店の常連の中でも密かに人気あるから。遭遇したらラッキー、みたいな?」

「人をレアキャラみたいに……」

ボブヘアの女性に続きロングヘアの女性がそう言ってケラケラ笑うと、基紀さんが苦笑する。

「それよりさー、宇津野さんに会ったら相談したいことがあったんだけど」

ボブヘアの女性が基紀さんとグッと距離を縮めてくる。それに対し彼は身を引いて一定の距離を保とうとするが、なんせ向こうの圧が強い。

基紀さんが仕方なさそうにボブヘアの女性に体を向けた。

「何。ていうか、今は業務時間外なんだけど」

「そういうんじゃなくて! こういう場合はどうすればいいのかなっていう、アドバイスが欲しいだけなの~。ねえ、本気で困ってるんだってば!」

基紀さんに縋《すが》り付き、合間で素早くマスターに「あ、マティーニください」と注文している女性に、基紀さんの陰に隠れている私はポカンとしてしまった。

――ほ、本当に困ってるのかな？　あまり悲壮感がないんだけど……まあでも、悩みは人それぞれだろうしな。

ロングヘアの女性もボブヘアの女性の右隣に座り、焼酎の水割りを頼んでいた。

女性の圧に根負けした様子の基紀さんが、困り顔で額を押さえ、私を見る。

「ごめん、ちょっとだけいい？」

「あ、うん。私のことは気にしなくていいから」

「それは無理でしょ」

さらっと言って女性達の方を向き、「で、何？」と聞き返していた。

彼女らの話を横で聞いていると、どうやら急に亡くなった親族の遺産相続で揉めているらしい。

ちゃんとした悩みだった……と思いつつ、私はちびちびとお酒を飲み進める。

「そういうのはちゃんと弁護士雇って話し合いした方がいいって。揉めるくらいの財産があるなら、弁護士費用だって捻出《ねんしゅつ》できるでしょう。お世話になってる弁護士さんとかいないの？」

「んー、いるっぽいんだけど、伯母さんの息がかかった弁護士とか嫌じゃない？　だったら宇津野さんにお願いしたいなあって！」

「あーもう……予定確認するから待って」

基紀さんがバッグから手帳を取り出し、スケジュールの確認をしている。

スケジュールはアナログなんだなあと思いながらそれを眺めていると、ボブヘアの女性の視線が私に向けられていることに気付いた。

「へえ……宇津野さんの彼女、顔小さーい。ショートカットが似合う女性っていいな、憧れる」

急に褒《ほ》められて、嬉しいよりも戸惑いの方が大きかった。

「あ、ありがとうございます……」

「ねえ、宇津野さんとどこで知り合ったのー？　もしかしてここじゃないわよね？」

「え、それは……」

「違うし、出会った場所は秘密」

スケジュールの確認をしている基紀さんが突然会話に乱入してきた。

咄嗟《とっさ》に基紀さんを見れば、まだ手帳を見つめている。

なんとなく、私を庇《かば》ってくれたのかな、なんて思ったら、嬉しくなった。

しかし女性二人が今の説明で納得するはずもなく、更に追及がヒートアップする。

「えええ、なんで教えてくんないのお？　別に言ったたってよくなーい？」

「そうよそうよー!!　私達宇津野さんのファンクラブの一員なんだから、知る権利ありまあす！」

ボブヘアの女性が不満を表明すると、ロングヘアの女性も挙手して権利を主張する。というか、宇津野さんのファンクラブって何？

「そういうのは二人だけのものなんでね。何を言われても教えませーん」

と言いつつも、基紀さんの顔は笑っている。この二人とのやりとりを楽しんでいるのだろう。それはマスターも同じで、笑いながらも手際よくドリンクを作成し、彼女達の前にスッと置いていた。

――この人達はいつもこんな感じで会話を楽しんでいるのだろうな……

仲がいいのはいいことだ。

だけど、なぜだろう。さっきから微妙に居心地の悪さを感じてしまう。

――こういうの、経験あるなあ……

それは学生時代。当時から年に一度くらいは体調を崩し、一週間くらい学校を休むことがあった。ようやく回復して学校に行くと、仲よしの子達なのに休んだあとは微妙に話が合わなくて、疎外感を感じることがあった。

あの感じを、まさか今ここで味わうとは。

――私、なんでここにいるんだろう？

だんだん頭の中がその疑問でいっぱいになってきて、胸の辺りがざわざわしてきた。

「あ、やべ。……朋英、電話出てもいいかな」

基紀さんの胸ポケットにあったスマホが震えている。出てもいいかと訊《たず》ねるということは、おそらく仕事関係なのだろう。

「うん、どうぞ」

「ごめん、早く終わらせて戻るから」

本当に申し訳なさそうな顔をして、基紀さんが席を立った。

一人でこの場をやり過ごすことが、果たして私にできるだろうか。

「ねえねえ、彼女さん？」

きた、と声のした方を向く。視線の先には、二人の女性がグラスを片手にこちらを見て微笑んでいた。

「な、なんでしょうか……」

「最初に付き合おうって言ったのはどっちなの～？　すっごく気になるのよね」

ぐっと身を屈《かが》めて私を窺うのは、ボブヘアの女性だ。

「だって、彼女さん大人しそうだしさ？　あの陽気な宇津野さんと二人でいる時って何を喋《しゃべ》ってるのかなって？」

「な、何をって……別に、普通のことですよ。仕事とか、食べ物とか……」

「仕事と食べ物～？　そんな話で会話が続くの？」

そんな話、と言われて少々カチンとくる。

「……続きますよ？　でないとお付き合いまで発展しませんし」

「まあね、それもそうなんだけど。でも、意外だなって思ったのよねえ……宇津野さんってノリがいいから、彼女さんみたいな女性は選ばないと思ってたわ」

「……そうですか」

反論する気にもならなくて、一言返して正面を向いた。

それがいけなかったのか、彼女達の態度が攻撃的になった。

「ノリが悪いなあ～、そんな、本気でムッとしなくてもいいじゃない。あ、彼女さん、私達みたいなタイプ嫌いでしょー？　そんな感じするわ～」

その通りなのでそうですね、と言いそうになる。でも我慢した。

「そんなことないですよ」

「うっそだあ。なんか、目え据わっちゃってるし。自分の彼氏にちょっかい出す面倒くさい女だな、って顔に書いてあるわよ～」

きゃはは！　と二人が笑うのを目の端で捉《とら》えて、小さくため息をつく。

――だめだ、合わない……これまでとことんこういう人達と接するのを避けてきたツケなのか、まさかここでこんなことになろうとは……

カクテルはもうほとんどない。一人だったらすぐさまバッグを掴み、お会計をしてバーを出るのに、基紀さんが戻ってこないのでそれもできない。

どうしようかな、と思っていたら、マスターが私達の間に割って入った。

「そこの二人、少々悪ふざけがすぎるのでは？　今のやりとりは傍《はた》から聞いててもあまり気持ちのいいものじゃないよ」

二人に注意してくれたマスターが神様のように見えた。この人はいい人だ。

――彼女達が常連でなければ私もこの店に通いたいところなのに……

残念、と思いながらグラスを手にし、残りのドリンクを飲み干した。

「気持ちのいいものじゃない、か。でも、これが私達だしねえ……宇津野さんだっていつも話に乗ってくれてたじゃない？」

ボブヘアの女性が問いかけると、ロングヘアの女性が「だよね」と肯定する。

「私達と飲んでる時、宇津野さん楽しそうだったし。声出してゲラゲラ笑ってたよね。……つーことはさ、宇津野さんって彼女さんに合わせるために自分を押し殺して無理してんじゃないの？」

思ってもみないことを言われて、お腹の底から「はああ!?」と言いそうになってしまった。

「……そんなことないと思いますけど。それに、私といる時も普通に笑いますよ」

反論したら、ボブヘアの女性が、バカにしたようにわかってないな！　という顔をする。

「そうじゃないのよ。百パーセント自分を出せてないってことよ。普通付き合ってるなら自分を相手に全部見せるのは当たり前でしょ？　でも、宇津野さんはそれをしていない。ってことはさ、やっぱり彼女さんに気を遣ってるんだと思うよー。そんなのさあ、彼が可哀想だと思わない？」

「か、可哀想!?」

「だあって、弁護士みたいな大変な仕事してんだから、彼女の前でくらい自分を曝《さら》け出してリラックスしたいだろうに、あなたの前ではそれができないってことでしょ？　それってさあ、もはや彼女である意味、ある？　ってことが言いたいのー！」

——彼女である意味……って……

大きな手で心臓をぎゅっと掴まれたみたいに、胸が苦しくなった。

これはあくまで目の前の女性達の主観であって、基紀さんの口から聞かされたことじゃない。

でも、基紀さんとの付き合いが長ければ、素の彼を見たことがあってもおかしくない。その上で私と一緒にいる基紀さんが素を出していないと言うなら、そうなのかもしれなかった。

だって私は、基紀さんと知り合ってまだ二ヶ月も経ってない。だから今、どんなに彼女達に反論したくても反論できるだけの材料がないのだ。

「………あの」

「なあに」

声を絞り出すと、ボブヘアの女性がすぐ反応する。

「あなた方は、私にどうしてほしいんですか？　基紀さんと別れてほしいんですか？」

「お客さん」

マスターが心配そうな顔で声をかけてくる。でも、それを手で遮《さえぎ》った。

ロングヘアの女性がボブヘアの女性を心配そうに見つめている。さっきから、私に噛みついてくるのはボブヘアの女性の方だ。

この人、もしかしたら基紀さんのことが好きなのかもしれない。

女の勘でそう感じた。

「……そうだって言ったら？　譲ってくれるの？」

「彼は物じゃありません。だから、本気で彼のことが好きなら、まずは好きだと伝えてください。それで彼が私を捨ててあなたを選ぶのなら、それは仕方のないことですね」

ここまで言ってしまうともう気まずさの極みで、一刻も早くこの場を立ち去りたくなった。

基紀さんが戻ってこない間に帰るのは申し訳ないけれど、今は自分の心を守る方を優先する。

それに、マスターが一部始終を見ている。きっとここで何があったか彼に説明してくれるだろうから、その点は安心できた。

「すみません、お会計を」

席を立ちつつ財布を取り出す。

「いいですよ。宇津野さんにつけときます」

マスターが真顔で言ってきて、笑うところなんだろうけど笑えなかった。

「いえ、それは悪いのでお支払いします」

「じゃあ、お代は結構です。初めて来てくれたのに気分を悪くさせたお詫び」

まさかこんなことを言ってくれるなんて思わなかったので、キョトンとしてしまう。この間、カウンターにいる女性達はグラスを口に付けて無言だった。

「……ありがとうございます」

本当は遠慮しようと思った。でも、マスターの顔がものすごく神妙な感じだったので、なんだか断る方が申し訳なくなった。

バッグに財布をしまい、彼女達の後ろを抜けてドアに向かった。基紀さんが戻ってきた時に、私がいなくなっているわけだからびっくりされるだろうけど、今はもう一秒もここにいたくなかった。

地下から階段を上がり一階に出て、駅の方へ歩き出した時。いきなり肩を掴まれた。

肩越しに見上げると、慌てた様子の基紀さんがいた。

「え、なんでここに？　それになんでバッグ……まさか帰るの!?」

「……はい。ちょっと……いろいろありまして……」

あんなやりとりがあったせいで、基紀さんを直視できない。たまたま視線を落とした先に基紀さんの手があって、スマホを握りしめていた。

——もしかして、通話中に私の姿を見つけて、話を中断してきてくれたのかな。

嬉しいけれど、それはそれで仕事の邪魔をしてしまったという考えが頭をよぎる。どうやらさっき女性達に言われたことを、かなり気にしているみたいだ。

「いろいろって何？」

基紀さんの声が低くなる。それに、肩を掴んでいる手に力が籠《こ》められて、ほんの少し痛みが走った。

「……それは、マスターに聞いてください」

「なんで急に敬語使ってんの。それに、今夜はデートなのに君が帰ってどうすんの。俺一人で残れっていうのか」

基紀さんの声音が荒くなる。それが、怒りからなのか困惑からなのかはわからない。でも、これまでに聞いたことがない声で、なんだか知らない人みたいで、少し怖いと思った。

「……っ、痛い、離して！」

肩を掴む手に更に力が加わったので痛みに我慢できず、手で払いのけた。その瞬間、基紀さんが酷く傷ついたような顔をする。

瞬時に胸がキリリと痛んだ。だけど、私だってさっきは傷ついたのだ。

自分だけが傷ついたような顔をされるのは、納得がいかなかった。

――き……傷ついたのは私もなんですけど!!

「このバーはいい店だけど……私の居場所じゃなかったみたい」

「え？」

基紀さんが怪訝《けげん》そうに眉根を寄せる。

「それに、基紀さんのお友達とは仲よくなれそうにないみたいです。せっかく誘ってくれたのに、ごめんなさい」

「いや、俺の友達だからって朋英が仲よくする必要はないよ。っていうか、なんで謝るの。それに朋英が帰るなら俺も帰るから。ちょっと待って……」

「だめ」

私と一緒に帰ろうとする彼を、腕を掴んで止めた。

「皆さん基紀さんを待ってる。相談だって受けてたでしょ？　それを放って帰っちゃだめ」

「じゃ、朋英も一緒に戻ろう」

戻ろうって。あんなこと言われたのに、戻れるわけがない。

――私の気持ちも知らないで、なんでそんなこと言うの……

基紀さんは私に何が起きたのか事情を知らないいし、私も詳細を彼に伝えていない。なのに、彼の言動に無性にイラついてしまう。

だったら説明しろよと言われればそれまでだけど、今の私はさっきの出来事を冷静に説明するだけの気力がなかった。というか、説明したとしてもきっと感情的になってしまう。それはフェアじゃない。

こんな自分が嫌でしょうがない。だから、とにかく今はこの場から離れたかった。

「……嫌です。私、あの場所に戻りたくない」

基紀さんから目を逸らす。

「朋英、俺がいない間に何があったんだ」

基紀さんが困っているのはわかっていた。でも、もう引っ込みがつかない。

「言いたくない。今日は帰ります」

彼に背中を向け、駅までの道を歩き出す。すると、すぐに基紀さんの声が追いかけてきた。

「あとで電話するから」

――あとでって……

「今夜はかけてこないで！」

可愛くないのはわかっていたけど、どうしても言わずにいられなかった。

基紀さんの負担にもなるし、私も……今夜はもう、このまま帰宅して、さっさとお風呂に入って寝てしまいたい気分だった。

「じゃあメッセ送る。それならいいだろ」

これに対してまた「送らないで！」とは、言う気にならなかった。

一度だけ肩越しに彼を振り返った。寂しそうな顔をする彼を見て少しだけ胸が痛かったけど、無言のまま早足で駅に向かった。


帰宅してまず浴室に飛び込んだ。時間をかけて入浴して、髪を乾かしてからスマホを見ると、基紀さんからのメッセージが数件入っていた。

【マスターに全部聞いた。ごめん。あの店に連れて行った俺が悪い】

【彼女達とはあのバーでしか会ったことない。友達とも呼べないレベルの浅い付き合いでしかないし、別に仲よくもない】

【本当にごめん】

マスターがどんな風に説明したのかはわからない。でも、あの場面で私は、自分の意見をはっきり言うことができない完全なる内向的女子だった。

――そりゃ、陽キャの基紀さんと比べたら、私なんか……

ベッドに腰を下ろして、そのまま横向きに倒れ込む。

ふがいない。私って、いい年をして本当にふがいない。

酒井さんに何も言えなくて何年もやられっぱなしだし、今夜は初対面の人達にすら好き勝手に言われっぱなしで。

なんでもかんでも基紀さんにフォローさせて、それなのに彼の恋人だって胸張っていいのだろうか。そもそも恋人同士って対等な関係じゃないの？　そうでなきゃ、この先上手くいかなくなるのでは？

考え始めたらあーでもないこーでもない、といろんな負の考えが頭の中をぐるぐるし始める。

よくよく考えたら、基紀さんが謝ることなんかないのに。

そう思ったら心底彼に申し訳なくて、メッセージに一言返すのが精一杯だった。

【ごめんなさい】

きっと返事をすれば向こうからも返ってくる。だから今日は、スマホの電源を落として寝ることにした。

最初は気になったけど、それを乗り越えたら静かな夜も悪くないと思えてきて、いつもより早く就寝して朝までぐっすりだった。

五

怖くてスマホの電源を入れられないまま、出勤した。

——だって、めちゃくちゃメッセージ入ってきてそうだから……

いや、もちろんメッセージが来ていない場合もある。それはそれで、悲しくなるから、やっぱり電源を入れて確認することができないのである。

定期は別にしてるし、スマホがないと支払いに困るほどのキャッシュレス派でもない。とりあえず今日一日だけ。お願いだから一日ください。そして、それまでにちゃんと気持ちを落ち着けて、夜には電源を入れて基紀さんと向き合おうと決める。

そう自分に言い聞かせて、会社の社員通用口のドアを開けた。

基紀さんのことはひとまず脇に置いといて、仕事に集中……しようとした。しかし、朝から酒井さんが絶好調で頭を抱えたくなる。

始業してすぐ、顧客への連絡を忘れた新入社員の男性社員を叱り、必要以上に絡む。

「ちょっとー、これ昨日のうちに連絡してって頼んだでしょう？　頼まれたことをやらないで何してたのよ」

「申し訳ありませんでした、つい……常務に頼まれたことで手一杯で……」

「はー？　電話するくらいすぐできるでしょ！　常務とか関係なくない？」

——今、電話するくらいすぐできるって言った？　この前、酒井さんも忘れてたよね……

突っ込みどころ満載だなあ、と思いつつ私は目の前にあるモニターを見つめる。

「今はまだ皆優しいからいいけどさ、私が入社した頃なんかさあ……」

ちらっと課長を見れば、またださ、と言いたげに顔をしかめていた。

酒井さんは機嫌が悪いとたまにこういうことをやり始める。仕事に直接関係のない話で時間を無駄遣いするのが得意だと、よく陰で言われていた。

「酒井、いいから。君も自分の仕事に戻りなさい」

見かねた課長に注意され、酒井さんがムッとする。でもすぐに「はーい」と返事をし、新入社員を解放した。

——よかった。課長、ナイスです……

でもまだまだこれは序盤にすぎなかった。

休憩時間の雑談で聞こえてしまったのだが、どうやら酒井さんは昨夜旦那さんと喧嘩をし、現在冷戦の真っ只中《ただなか》らしい。そのせいで気分が荒れているのか、仲のいい社員にまで不満をぶちまけていた。

——そんな情報聞きたくないのに……声がでかいから丸聞こえなんですけど……

とはいえ、私も現在基紀さんと微妙な感じになっているので、ある意味他人事《ひとごと》とも言えない。頭に電源の入っていないスマホを思い浮かべて、お茶を飲みながらため息をつくのだった。

それからお昼休みになり、私は近くのコンビニでサンドイッチを買い席に戻る。すると、私のデスクにバン！　と音を立てて誰かの掌《てのひら》が置かれた。

その主は、見なくてもわかる。酒井さんだ。

「ねえちょっと。あの板金工場の社長になんか言った？」

声からしてすでに機嫌が悪いのが伝わってくる。見上げれば、鬼の形相《ぎょうそう》の酒井さんが私を見下ろしていた。

「……板金工場って、あそこですよね。この前酒井さんが休みの時に私に連絡を頼んだ……」

「そう、そこ。鷹羽さん、社長に何言ったの？」

「何って……請求に関することしか話してませんけど」

その他に話したといえば、酒井さんのことだけど、それはこの場では言えないので黙っておく。

「嘘。だって、今日私が電話したら、担当者を代えてくれと頼んであるの一点張りで、勝手に電話を切られたんだけど！　一体どういうことなのよ!?」

「それは、私に言われても……」

実際担当者変更の件は課長が上に伝えてどうにかすると言っていた。問い合わせるなら私じゃなくて、課長に直接聞いてもらった方が早いと思うのだが。

「大体、担当を代えてくれってどういうことよ？　鷹羽さんが電話した時にあそこの社長、なんか言ってなかった？」

酒井さんは完全に私を疑っている。

この場を穏便に済ませるにはすっとぼけるのが一番だ。けれど、下手にとぼけて、あとで面倒なことになるのも避けたい。

そこで、ここは正直に答えることにした。

「……まあ、ちらっと……ですけど……」

「なんて言ってたのよ！」

すかさず問い詰められて、内心「ひいっ……！」と悲鳴を上げる。だけど、よく考えたら、別に私が悪いことをしたわけでも、嘘をついているわけでもない。

——堂々としていて何が悪い。悪いのはそっちの方だ！

開き直った私は、酒井さんと向き合った。

「酒井さんが苦手だから、担当を代えてほしいと言われました。それをそのまま課長に伝えたので、その後の判断は課長に委《ゆだ》ねています」

淡々と答えたら、酒井さんの顔がうっすら赤みを帯びていく。

「はあ……？　苦手？　私のどこが苦手だっていうのよ、ウチとあの板金工場は長い付き合いなのに、あの若社長の好き嫌いでそんなこと決めていいと思ってるわけ？　話にならないわ。先代の社長に文句言ってやらなきゃ」

「え、ちょっ……何を……」

確かに酒井さんは先代社長のお気に入りだった。長く担当者を務めてきたのもそういう理由があってのことだけど、先代社長はすでに引退していて、今はもう工場の業務には一切関わっていないと聞いている。

それなのにわざわざこんなくだらないことで電話なんかして、現社長が知ったら担当変更だけでは済まなくなるかもしれない。最悪、うちとの関係を解消するとまで言われかねない。

素早く自分の席に戻り、板金工場に電話をかけようとする酒井さんを、慌てて止めた。

「待ってください、それはだめですって！」

「はあ⁉　何がだめなのよ、バカにされてるのはこっちなのよ⁉　先代社長に文句の一つも言ってやらないと気が済まないわ‼」

「そんなことで引退した先代に電話なんかかけてどうするんですか‼　下手したらうちとの取引がなくなっちゃうかもしれないじゃないですか‼」

「そんなの私に関係ないし」

酒井さんが言い放った一言に、頭が真っ白になる。

——関係なくないだろ！

うちの会社で働いて給料をもらっている以上、会社に利益をもたらしてくれる関係各所とは良好な関係を築いていくべきだ。そんなの、新入社員だって知っている。

それなのに自分には関係ないとか言っちゃうその感覚は、はっきり言って異常だ。

長い間我慢してきたせいなのだろうか。ぎりぎりまで張り詰めていた糸がプツンと切れて、溜め込んでいたものが一気に口から溢《あふ》れ出てしまった。

「関係大ありでしょ!!　なんでそんなバカなことを軽々しく口にできるんです！　そんなんだから現社長が酒井さんを担当から代えようとするんですよ！」

これまで一度も反論したり声を荒らげたことのない私が大きな声を出したので、酒井さんが目を丸くしたまま固まっている。その姿にハッとなって周りを見回すと、他の社員達も皆一様に手を止め、驚愕《きょうがく》の表情でこちらを注視していた。

——あ……やば。やっちゃった……

そう思っても後の祭り。言ってしまったことはもう元には戻せない。

初めは驚いて固まっていた酒井さんだが、徐々に言われたことを理解して顔が真っ赤になった。

「な……何、なんなのよあんた……先輩の私にそんな口利いていいと思ってるの!?」

「バカって言ったのは謝ります、申し訳ありませんでした。でも、取引先に失礼なことをしようとしているのを見過ごすほど、私も間抜けではありませんので……」

「誰が間抜けよ!!　あんた……こんなことしてただで済むと思ってるわけ？」

ただで……は済まないよねえ、と心の中で納得する。

でも、思っていたことをはっきり口に出したことで、不思議とすっきりしていた。

後悔はない。異動でも、転職でもどんとこいだ。

「ただで済むとは思っていません。きっと、酒井さんにこれでもかと罵倒《ばとう》されるだろうなって思ってます。でも、もういいです。我慢するのも限界なので」

「我慢するのも限界って……なんのよ!?」

「仕事を押しつけられたり、陰で悪口を言われたり、体調が悪いとすぐバカにされたり。他にもいろいろありましたけど、もう限界です。私、酒井さんに悪口を言われるために会社に来ているわけじゃないので、これを機にいい加減やめてください」

「はあ？　私がいつそんなことした!?　証拠を出しなさいよ!!」

「証拠……」

証拠と言われても、悪口に証拠なんかない。それともボイスレコーダーかなんかで悪口を録音でもしておくべきだったのか。

そんなことを考えていたら、誰かがガタンと席を立つ音がした。

「証拠じゃなくて証人ならいるけど」

そう言って近づいてきたのは、住野さんだった。

「え、なんなの住野まで」

私の意見に賛同する人が現れたことで、酒井さんの顔に焦りが浮かぶ。

「なんなのじゃないですよ。酒井さん、もういい加減にしてくれませんか。あなたのせいで周りがどれだけ迷惑を被《こうむ》っていると思ってるんです？　まさか気が付いてないわけないですよね？　勤続十五年以上のベテランなんですから」

「す……住野に迷惑なんかかけてないじゃない!!　なんであんたが出てくるのよ」

「直接的にはなくても、間接的にはあるんですよ。あなたが自分でやらず人にぶん投げた書類の最終チェックをして、課長や部長に提出するのは私ですから」

住野さんの発言に、あ、と思った。

そうだ、住野さんの役職は課長代理。つまり、経理の最終チェックなどを任されている人なのだ。

「期限ギリギリは当たり前、期限切れも度々、しかもその中に重要な書類も交ざっていて、部長や常務に注意されるのは私なんですよ。それに、子どもがいることを言い訳にするのはいい加減やめてください。私にも子どもがいますが、あなたのように自分の仕事を無責任に人に投げたり、間違いを認めずに人のせいにしたりはしません」

「そ、それは……」

「ましてやパワハラまがいの言動に、体の弱い人をバカにするなんてもってのほかです。あなただって子どもの病気を理由に仕事を休むじゃないですか。なのに、なんで体調不良で休む人を責めるんです？」

「こっ……子どもと大人は違うじゃない……っ」

「でも、あなただって、子どもが具合悪いのに周りから仮病って言われたら怒るでしょう？　それと同じことですよ。あなたには、他人を思いやるという気持ちが欠けています。それをもっと自覚してください。勤続年数の長さなんてなんの意味もありませんよ」

住野さんの言葉にぐうの音《ね》も出ない酒井さんを見つめながら、私は呆気にとられていた。

——す……住野さん、すごい……かっこいい……

極端な話、今のやりとりで住野さんに対する私の印象がひっくり返った。

酒井さんはというと、おそらくこれまで人にキレられた経験があまりないのだろう。顔を真っ赤にして俯《うつむ》いている。きっと、お腹の中は怒りで煮えたぎっているはずだ。でも、住野さんのド正論に対して、それを覆《くつがえ》せるだけの言葉や言い訳が見つからないようだった。

しかも、フロアにいる人達が全員、一部始終を見ている。あとから住野さんを悪者にしようとしても、それは絶対に不可能だ。

酒井さんがどういう行動に出るか様子を窺っていると、離れた席にいた部長がこちらにやってきた。

部長は五十代の男性で、物静かでほとんど声を荒らげることはない。穏やかを絵に描いたような人だ。

「住野さん、それくらいにしといて。酒井さんももうわかったと思うから」

「……はい。お騒がせしました」

住野さんが酒井さんを一瞥《いちべつ》して、自分の席に戻っていく。

部長は、未だに言葉を発せずにいる酒井さんに声をかけた。

「……酒井さん、ちょっといい？　会議室」

部長が目で合図すると、酒井さんが小さく頷き部長のあとに続いた。多分、そのままフロアを出て、会議室で話し合いをするのだろう。

フロアから酒井さんがいなくなったことで、緊迫した空気が霧散し、全員がホッと息をついた。

「……ちょっと、鷹羽さん、住野さん～～!!」

三十代後半の女性社員がまず声を上げた。そして住野さんの側に駆け寄る。

「ありがとう～～!!　すごくスカッとしたよ～～!!」

住野さんの手を掴み、ぶんぶんと上下に振る。それを見て他の女性社員も住野さんに歩み寄った。

その中には、普段酒井さんと一緒にランチをしている取り巻きの女性社員もいて、申し訳なさそうな顔で口を開く。

「二人共ありがとう……私、普段酒井さんに目をつけられるのが怖くて一緒にいるけど、正直もう限界だったの。……鷹羽さん、彼女を止められなくて本当にごめんなさい」

「え、いいえ、そんな……いいんですって、そんなの」

はっきり言って絶好調の酒井さんを止めるのは難しい。それは、友達だろうと同僚だろうときっと同じだと思う。

するど住野さんが人の輪から出て、私の席まで来た。

「私はそれほどのことはしてないから。いい機会だから、思ってることをぶちまけただけよ。それができたのも、鷹羽さん」

いきなり住野さんが私をじっと見てきて、何事かと目を見張る。

「は、はい」

緊張する私に、住野さんが微笑みかけてきた。

「あなたが先に、酒井さんに正面から反論してくれたおかげよ。怖かっただろうに、よく頑張ったわね。かっこよかったわ」

「えっ」

「あなたが先に酒井さんに言い返してくれたから、私も普段思っていたことをぶちまけられたの。そうでなければ、今回もまたかって思いながらスルーしていたと思う」

「す、住野さん……」

――う、嬉しい。住野さんにこんなことを言ってもらえるなんて。

鼻の奥がツンとしてきて、私は必死に涙を堪《こら》えた。

「とはいえ、酒井さんがこれで大人しくなるかというと、わかんないのよね。あれってもう性分《しょうぶん》みたいなもんだからさ」

住野さんが困り顔で呟くと、この場にいる人達の表情も一様に暗くなった。もちろん、私も。

「確かに……」

「意外と一晩経ったらケロッとしてたりしてね……」

他の人達が言う言葉に、いちいち大きく頷く。

――そうだよね、もう何年もあんな感じだったのに、一回反論されたくらいで大人しくなるとは、正直思えない……

「まあでも、思ってたことは全部言えたし、私はスッキリしたよ。鷹羽さんは？」

住野さんに聞かれて、気付く。

確かに、なんだかこれまでずっと溜め込んでいたモヤモヤがスッキリしている。

「私もです……！　思っていることをはっきり相手に言うだけで、こんなに違うんですね」

「とりあえずよかったね。これでも酒井さんが変わらないようなら、その時はまた一緒に対策を練ろうか」

「はい……!!」

なんだか自然と顔が笑ってしまう。

同じ思いを抱《いだ》く仲間がすぐ側にいて、味方になってくれると思うだけで、こんなにも心持ちが違うものなのかと、初めて知った。

――ここに至るまでに、だいぶ時間がかかっちゃったな……

もちろん酒井さんに関する問題が完全に解決したわけじゃない。でも、今までみたいに一人で抱え込まなくていいんだと思うと、これからはだいぶ仕事が楽になりそうで、嬉しかった。

なんだかんだで昼休みが半分終わってしまったので、急いで昼食を食べた。

そして、部長に連れていかれた酒井さんは、この日、終業時間まで席に戻ってくることはなかった。

「……あれ。バッグがない」

私が気になっていたことは他の社員も気になっていたようだった。終業時間になり、酒井さんのデスクの側を通りかかった女性社員が、いつもデスクの足下辺りに置かれている酒井さんのバッグがないことに気が付く。

「えー。いつ取りに来たんだろう……」

「あ、そういえば、さっき部長がこの辺うろうろしてた。もしかしたら部長に頼んだんじゃない？」

――部長に荷物を持ってきてもらうよう頼むなんて。酒井さんにしては珍しいというか……

思った以上に私と住野さんに逆ギレされたことが応《こた》えたのかな。

そんなことを考えながら、スマホを手に取るが、画面は真っ暗だった。

そうだった。まだ電源を入れてなかった。

昼は酒井さんのことがあったせいでそれどころではなかったが、私にはまだ解決しなきゃいけない問題が残っているんだった。

いつまでも無視したままでいいわけがないよね。

酒井さんのことは一旦脇に置いて、今度は基紀さんとのことをどうにかしないと。

意を決して、私はスマホの電源を入れた。途端に何件かのメッセージを受信し、基紀さんからのメッセージを見つける。送信されたのは昨夜だ。

【ごめんって何に対して謝ってるの？】

【俺、別れないよ】

別れない、という文言に息を呑む。

もちろん、私だってそんなつもりはない。

多分、昨夜送った私の【ごめんなさい】を深読みした基紀さんが、そういう意味に受け取った可能性がある。

――あ……やば……これ、ちゃんと誤解を解かないといけないやつだ……!!

だけど、昨夜のことを思い返すと連絡を取ろうという気持ちが萎《な》える。

この先もまた、ああいうことがあると思うと、本当にこのまま基紀さんと付き合っていていいのだろうかと思ってしまう。

この先もしまたあんなことがあれば、彼のことだ、私に合わせてくれるだろう。でもそれは、あの女性達が言ったように、彼に無理をさせてしまうことになるのではないか？　それは、やっぱり彼女としてはダメなんじゃないだろうか。

今更ながらバーで会った女性達に言われたことで凹《へこ》んでしまう。

彼と別れるつもりはないし、別れたくない。でも、私と付き合うことで彼の人間関係を邪魔してしまうのは、絶対あってはならないことだ。

じゃあどうしたらいいの？　私が基紀さんの友人達に合わせた方がいいの？　でも、それって自分を偽ることになるんじゃないの？　そんなんじゃ基紀さんと長く付き合い続けるなんて無理なのでは？

結局、私の中で答えは出なかった。

ここが勤務先でなければ、頭を抱えて「あああああ!!」と叫んでいた。でもそれすらできないので、大人しく帰ることにする。

――参ったなー……基紀さんになんて話そう。お友達と合いませんって言ったら、気分悪くさせちゃうよね……

考えながら歩いていたらだんだん気が滅入《めい》ってくる。夕飯を作る気にもならなくて、最寄り駅から数駅先にある大きなターミナル駅の駅ビルでお惣菜を買って帰ろうと思い立った。しかし。

そのターミナル駅が、基紀さんが勤務する事務所の最寄り駅だと気付く。

――うっ……も、もっと近いところになかったっけ……

もういっそのこと、スーパーで買えばいいんじゃないかと思い直し、駅前のスーパーに方向転換した。駅を出て、横断歩道で信号待ちをしていると、すぐ近くに人の気配を感じる。

足下に視線を落とせば、男性の革靴が私の視界に入ってきた。

おそらく隣にいる男性との距離は三十センチもない。妙に近い距離に、眉を寄せる。

——なんなの？

気持ち悪っと思って、離れようとしたが、ふとあることが思い浮かんだ。

——まさか、基紀さんじゃない……よね……

そう思ってちらりと隣の男性を見上げると、視線に気付かれたのか男性と目が合う。

「なんですか？」

スーツ姿だけど、基紀さんとは全然違う。顔も、髪型も、体格も。短髪の男性は、多分二十代前半くらい。

目の前の見慣れない顔に、カーッと顔が熱くなってくる。

「す、すみません！　知人と見間違えました、なんでもないです」

私ったら何をやってるんだろう。自分から連絡を絶っておいて、隣にいるのが彼かもしれないと思うなんて……

恥ずかしくて男性から目を逸らす。

「でも、間違えるってことはその知人と似てたってことですか？」

「え？　ええ、まあ……す、すみませんでした……」

隣との距離が近かったので、急いで横に一歩、距離を取る。しかしなぜか、男性が距離を詰めてくるではないか。

「いえ、光栄です。ちなみに今、お一人ですか？」

その上、馴れ馴れしく話しかけてくるし、一人かどうか聞かれて、わけがわからず眉間に皺《しわ》を寄せてしまった。

「は？　あの……」

男性がにこりとする。しかも、横断歩道は赤から青に変わったのに、ちっとも渡ろうとしない。

「僕も一人なんです。これもご縁ですし、よかったらお茶でもいかがですか？」

口調は丁寧だけど、圧がすごい。じりじりと私に歩み寄ってくる。

この時私は、ようやくこの人がそういった目的で私に近づいてきたことを悟った。

——あ、だからこの人、ぴったり私の横に……!!

「いえ、結構です」

手で男性をガードして横断歩道を渡ろうとする。しかし、ガードしているその手首を掴まれ、歩みを阻止されてしまう。

「まあ、そんなこと言わずに」

「ちょっと、放して……」

「いろいろお話ししましょうよ。すぐそこにカップケーキが美味《おい》しいカフェがあるんですよ」

「いっ……行きません！　手を放してください!!」

――ヤバい。これ、新手のキャッチセールスっぽい！

放せと言っているのに、手を掴む力は一向に緩まない。

誰か助けて、と咄嗟《とっさ》に周りを見回すけれど、周囲は駅に向かって一目散に歩いていく人達ばかりで、誰もこちらに目を留めない。

――け、警察……!!　交番に……

駅の近くに確か交番があったはず、と視線をそちらに向けた時だった。

いきなり私の手を掴んでいた男性の力が緩んだ。

「なっ……えっ…………え!?」

何が起きたのかというと、私と男性の間に別の男性が立っていて、私の手首を掴んでいた人の手首を掴んでいるという。ていうか、この人、基紀さんだ！

――え、なんでここに基紀さんが!?

すぐに状況が理解できなくて固まっていたら、基紀さんが男性の手首をねじり上げた。その反動で解放された自分の手を、反射的にもう片方の手で掴んで二人を窺う。

「ちょっ、いてえ!!　何す……」

「刑法二百八条、暴行罪」

「え」

男性が目を丸くして基紀さんを見る。

「大審院、今で言う最高裁判所ですが、昭和八年四月十五日、暴行とは人の体に対する不法な攻撃方法の一切をいう、という判決理由で暴行罪が成立しています。この場合障害の有無《うむ》は必ずしも暴行罪成立の必要条件ではない、とも定義されています」

「は、ぼ……暴行罪⁉　なっ、お、俺はただ……」

早口で捲《まく》し立てた基紀さんを凝視したまま、男性が素《す》っ頓狂《とんきょう》な声を上げた。

男性の大きな声に気が付いた周囲の人が何人か、私達を振り返ったり、通り過ぎる際にこちらをちらりと窺っている。つまり、とても目立っている。

私はそんな二人の男性の間に立ち、ことの成り行きを見守っている。

「ただ、なんです？　ちょっとお茶に誘っただけだ、とでも言い張るのですか。残念ながら嫌がる女性の手を掴んでいたという状況は、彼女の行動に影響を与えていると言える。つまり、じゅうぶん暴行罪に値するということです」

「そんなことがあるわけ……」

男性が声を荒らげるのを遮《さえぎ》るように基紀さんが付け加える。

「実際、電車に乗ろうとする女性の被服を掴んで引っ張ったことで暴行罪が成立した事例もあります。これ以上女性を困らせるような行動は控えた方が身のためですよ」

目の前にいるのは、まごうことなく弁護士さんだった。今この瞬間ほど、彼の胸に光るバッジが眩《まぶ》しく見えたことはない。

敬語で話す宇津野さんは、一見すると丁寧に男性に接している感はある。でも、言葉の節々に込められた怒りと、眼力の圧。それに耐え切れなかったのか、男性がびびり顔でじりっと後ずさる。

「な……なんだよ、ちょっとお茶飲もうって言っただけだろ……!!」

ちっ、と舌打ちして男性が走り去っていく。それを見届けてから、ようやく基紀さんが私を振り返った。

「……何やってんの」

呆れたような物言いに、ぽかんとする。

「な……何って、帰宅途中ですけど……」

「そうじゃなくて。俺のメッセ既読スルーして、なんにも連絡寄越さないのはどういうこと？　その上、あんな変な男にナンパされてるし。俺がたまたまここを通りかからなかったらどうするつもりだったの」

「ど……どうするって。今、交番を探してたところで……」

「手首掴まれたまま交番なんか行けるの？」

その通りすぎてぐうの音《ね》も出ない。

もし基紀さんが来てくれなかったら、多分最終的には大声を出して助けを呼ぶくらいしか方法はなかったと思う。

「……勘弁してくれよ……マジで……」

基紀さんがはあ……と重苦しいため息をつきながら、大きな手で顔を覆った。

「すみませんでした……」

「それよりも、昨夜のメッセ!!」

顔を手で覆っていたかと思えば、突然思い出したように基紀さんが私に迫る。

「ごめんなさいって何。もしかして俺に愛想尽かして、別れようとか思ってない？」

――あ、それ。ちゃんと誤解を解かなきゃいけないって思ってたヤツ……

「な、ない、それはないです！　そうじゃなくて……」

「俺、絶対別れないから!!」

被せるようにきっぱり言われて、つい真顔で彼を見つめる。

「……も……基紀さん……圧、強い……」

「ごめんね圧強めで！　でも俺、朋英と別れる気とかさらさらないんで」

「う、うん……わかったから、声のボリューム下げて……あとこっち来て」

未だ横断歩道の片隅にいたので、歩行者の邪魔にならないよう建物と建物の間の路地に移動した。

「それより基紀さん、なんでここにいるの？」

「そんなの決まってるでしょ。朋英に会いに行こうとしてたんだよ。電話をかけても繋がらないし、だったらさっさと会って直接話した方が早いから。なんでスマホの電源切ったんだよ」

「……だって……昨日はいろいろあって気まずいし……話し合いで基紀さんに勝てる自信もないし、なんかもう全部が嫌になって、さっさと寝ました」

正直に話したら、基紀さんの顔に安堵が浮かぶ。

今ので安心するなんて、一体どこまで悪い状況を想像していたのだろう。

「そうか……よかった……いや、よくはないんだけど。……メッセで送っただろ？　マスターから何があったか全部聞いた。朋英は何も悪くないから。俺の顔なじみの女性達が全面的に悪い」

「……私、ノリが悪いから、冗談ぽく言われても上手く返せないし……彼女達の言うように、基紀さんの彼女として、至らないいんじゃないかって思えてきて……住む世界が違うのかな、って」

「住む世界は一緒です。……これは……あんまり言いたくなかったけど、昨夜あの店にいたボブヘアの女性に、昔、告白されたことがあったんだ」

少し言いにくそうに口ごもる彼を見て、ボブヘアの彼女がなぜあんなに攻撃的だったのか悟る。

「……ああ、そうなんだ……」

なんか、うっすらとそうなんじゃないかって思ったけど、やっぱりそうだったんだ。

ボブヘアの彼女は、今も基紀さんのことが好きなのだろう。だから彼の彼女である私の存在が、気に入らなかったのかもしれない。

もちろん、ただ単に私のノリの悪さが気に入らないというのも考えられるけども。

「でも断ったから。彼女とは本当になんでもないんだ」

語気を強めて断言してくるのが可笑《おか》しくて、ぷっ、と笑ってしまう。

「マスターも申し訳なかったって言ってたよ。お詫びに奢《おご》るから、懲《こ》りずにまた来てほしいって伝言を頼まれた」

「マスター、そんな風に言ってくれたの？　嬉しいな……」

キツく当たってきた人がいれば、優しく気遣ってくれる人もいる。それは、昼間、会社で起きた出来事となんだか似ていると思った。

そんなことを考えてたら、いきなり基紀さんの手が私の体に巻きつき、ぎゅっと抱き締められる。

「な、何っ⁉」

「だって……朋英に捨てられるんじゃないかって気が気じゃなくて。俺、今日の仕事の内容ほとんど覚えてない」

衝撃の事実にギョッとする。

「それは弁護士としてまずいのでは⁉」

「まずいです。この上なく」

はあ〜、と彼が私の肩の辺りでため息をつく。

「……でもさっき、判例とか日付とかすらすら言えてたよね？」

「あんなの、全部暗記してるから」

「ええ……」

——それはそれですごいんだけど……

周りには人もいるし、こんなところで抱き合うなんて本当はしたくない。でも、今は状況が状況だけに、それを許してしまう自分がいた。

——まあ、基紀さんを不安にさせたのは私のせいでもあるから……

「ごめんね？」

彼の背中に手を回し、ぽんぽん、と叩いた。すると、私を抱き締める腕に力が入り、苦しいくらいに抱き締められる。

それにしばらく耐えてから、恥ずかしさもあってそそくさとこの場をあとにした。

基紀さんは会社の近くに駐車場を借りていて、今日もそこに車を停めているということで、一旦駐車場まで行くことにした。お惣菜を買うという当初の目的は、とりあえずナシとなった。

手っ取り早くタクシーで行くことになり、駅のタクシー乗り場に移動して、停まっていたタクシーに乗り込んだ。

基紀さんと仲直りできたことは素直に嬉しい。

予定では、帰宅してから基紀さんに連絡して、誤解を解いて……という流れを想定していたので、それが一気に解決したわけだから、だいぶ気持ちが楽……になったはず。

けれど今、別の理由で私のキャパがオーバーしそうになっていた。というのも、タクシーに乗ってからも基紀さんが手を放してくれないばかりか、時折絡めた指で私の手の甲をすりすり愛撫《あいぶ》してくるからだ。

——ひー!!　く、くすぐったいし、なんか変な気分になるからやめてえええ!!

今すぐそう言って手を離したいけれど、後部座席でいちゃいちゃするカップルなんか運転手さんも嫌に決まっている。なんとか声を抑えて、彼にされるままになっていた。

「……朋英。さっきから何か言いたそうだね」

「察して」

「わかった」

返事は実に簡潔でさっぱりしたものだけど、手の動きは未だ止まらず。

それどころか更に大胆に動き、指と指の間、指の股をすりすりと撫でられて、ゾクッとする。

——もうっ!!　察しろって言ったのに……!!

基紀さんを軽く睨《にら》みつけると、ごめん、と言うようにペロリと舌を出される。

——悪ガキみたい……さっきは弁護士っぽくて、かっこよかったのに。

でも、こんな基紀さんだから、好きになったのだ。

それを自覚している私は、惚れた弱みで強く言えない。

なんか私、基紀さんのことめっちゃ好きじゃない？

触れてくる大きな手も、長い指も、かっこいいのにかっこつけないところも、全て丸っと愛している。

そんなことを考えていると、基紀さんが前座席に向かって軽く身を乗り出した。

「あ、次の角を左でお願いします」

駐車場の場所が近づいたのか、と、黙って進行方向を見つめた。

それからすぐに駐車場に到着し、私はタクシーを降りて大好きな彼の車に乗り込んだ。

「やー、やっと二人きりになれた」

一息つくかどうかのタイミングで、いきなり基紀さんに腕を引かれる。そのまま運転席に倒れ込みそうなところを、基紀さんに腰を抱かれキスをされた。

いきなり舌を差し込まれ、奥に引っ込んでいた舌を搦《から》め捕られる。

「ふっ……も、もと……」

「黙って」

いきなりの濃厚なキスに戸惑う私に構うことなく、彼が舌を動かす。絡めるだけでなく、吸われたり唇を食《は》まれたり、上顎《うわあご》を舐《な》められたりすると、お腹の奥がきゅっとした。

「……!!」

――は、激しい……!!

なんだか一向に終わる気がしない。まさかこのままここで……なんて、ないよね？　そんなこと考えてないよね？

「ちょっ……待って、待って!!」

だんだん向こうの吐息が荒くなってきたので、これはまずいと思い慌てて身を引いた。

止められた基紀さんはというと、わけがわからないという顔をしている。

「なんで止めるの」

「そっ……そりゃ止めるでしょ！　ここ、駐車場なんだから！　いつ誰が来るかわからないっていうのに……」

「俺は気にしないのに」

「私は気にする！」

基紀さんを睨《にら》みつけたら、笑いながら手を放してくれた。

「わかりました。嫌われたくないから言うこと聞きます」

軽い感じの基紀さんを見ていると、本当にさっきの弁護士さんと同一人物なのか疑ってしまう。

「あ。そういえば、一つ報告したいことがあったんだ」

「何？」

基紀さんがエンジンをかけながらこちらを見る。

「今日の昼間、会社でね……」

私は、会社での酒井さんの言動に我慢が限界に達し、キレて言い返したことを話した。でも、私がキレたことで別の人が援護射撃をしてくれて、結果的に上も動いて酒井さんを黙らせることができたと言ったら、基紀さんの顔がぱーっと明るくなった。

「え……すごい。朋英がキレるって、よっぽどでしょ」

それに頷きながら、あの時のことを思い返す。

「本気で我慢できなくなるなんて、人生で初めてだった。だって、うちの会社で働いてお給料もらってるのに、会社が被《こうむ》る損害なんか自分には関係ない、侮辱されて納得いかないから文句言う、みたいなこと言われて……さすがにそれはないでしょって怒りが込み上げてきちゃって。自分でもびっくりしたけど、ブレーキが利かなかったの。あとから思うとちょっと恥ずかしいけど……」

「なんでさ。全然恥ずかしくなんかない。それに周りも味方についてくれたってことは、皆、酒井さんに対するフラストレーションが溜まりに溜まってたってことなんだろ」

「多分ね。キレた私を咎《とが》めたり、途中で仲裁に入ったりする人が誰もいなかったから、そういうことなんだと思う」

あの時、酒井さんの取り巻きの社員までが私の味方になってくれた。もしかしたら、酒井さんの言動に振り回されて悩んでいる人は、私が思うより多いのかもしれない。

「でも、問題はこれからだ。日頃の行いを注意されたからといって、相手がすぐに改心する確率って結構低いから」

「確かに……生まれ持った性格ってそう簡単に直らないし……」

あれだけ私や住野さんに言われて、まだ同じことを繰り返すのならそれはそれですごい強心臓だと思う。でも、私はもういいかな。

——言いたいことは言ったし、彼女が振る舞いを改めないのなら、私はもう我慢しない。

「そうなったら、潔《いさぎよ》く転職するよ」

「そうか。あ、それか、俺が独立したら一緒に働くのはどう？」

基紀さんが笑顔で私の答えを待っている。

期待には応《こた》えてあげたいけど、やっぱり……

「私、法律関係はわからないんで、パスです。転職するにしても、これまでのことを生かせる自動車関係がいいかな」

真顔で言ったら、基紀さんがわかりやすく凹《へこ》んだ。でも、すぐ笑顔になった。

「こんなにあっさり振られるとは思わなかった……でも、朋英らしい」

クスクス笑われて、私らしいってどんなだ……と思った。

「でも、よかった。今の朋英、すごくスッキリした顔してる」

「……え。そう？　自分じゃよくわからないんだけど」

「全然違うよ。顔色がいいし、体調だって最近いいんだろ？」

改めて言われてみて、ハッとする。

「うん。そうだね。薬が合ったのもあるけど、最近は体もそんなに辛くないんだ」

自分の顔色なんか特別気にしていなかったけれど、確かに最近体調が悪いと思うことがあまりないかもしれない。

これも基紀さんのお姉さんのおかげ。ひいては、お姉さんのクリニックを紹介してくれた基紀さんのおかげだな。

「よかったね。朋英が元気になって俺も嬉しいよ」

ハンドルを握る基紀さんを、じっと見つめる。ずっと笑っているところをみると、本当に、心の底から喜んでくれているようだった。

なんだか、この人と出会ってからいいことずくめだ。

――基紀さんって……私にとってのラッキーアイテムみたいな人だなあ……

私を見つけてくれて、気にかけてくれて、好きになってくれて。

こんなにありがたい話があるだろうか。

「基紀さん……」

「うん？」

「私、基紀さんのことがすごく好きみたい」

言った瞬間、基紀さんがものすごい速さでこっちを見た。

「ちょっ……危ないから前見て！」

「ああ、ごめん。……だって、朋英が急に……」

彼が動揺しながら顔を正面に戻した。それを見届けて、私も前を向いた。

「なんか、自分の気持ちをはっきり言いたくなったの。今回のことで、私、基紀さんや周りの人にすごく助けてもらってるんだなって気付けたから。ありがたいなって……」

「それは嬉しいけど。でも、助けてもらってるのは朋英だけじゃない。俺だって朋英の存在に助けられてる」

「……そうなの？」

「そうさ、当たり前だろ。君がいるから俺は仕事を頑張れるし、活力をもらえてる。君の存在は俺にとってめちゃくちゃ大きいよ」

「私が活力を……」

「だから、昨夜みたいにいきなり俺をシャットアウトしないでくれ。本気で目の前が真っ暗になったんだ」

真面目な彼の話し方で、それが嘘じゃないとわかる。

どうしよう、胸が痛くなってきた。

「ごめん……なさい。私も初めての経験で、どうしていいかわかんなくて……」

話している途中で、頭の上に彼の手がのせられる。

「咎《とが》めてるわけじゃないよ。ただ、それだけ朋英の存在が大きいってことを知っていてほしかった。それだけだから」

でも大丈夫、と基紀さんが続ける。

「このあと、たっぷり慰《なぐさ》めてもらうから」

「…………」

この言葉が何を意味しているのか、さすがにわからない私ではなかった。

でも具体的に想像したら顔から火が出そうだったので、やめておく。

「お手……柔らかにお願いします……」

そう返すのが、今の私には精一杯だった。


彼のマンションに到着する前にスーパーに寄ってお惣菜をいくつか買い込んだ。

誤解が解けたことで安心したのか、お腹がペコペコだった。食事処に寄る話も出たけれど、今は他に誰かいるところよりも二人だけでのんびりしたいという結論に至ったからだ。

牛肉のコロッケ、餃子、シュウマイ、春巻き。更にポテトサラダなど、とりあえず目に入った食べたいものをカゴに入れていった。二人で話し合って決めたのだが、なかなかの量になってしまった。

「……ホントにこんなに食べる？　あと、おかずばっかりだけど主食は……？」

カゴの中を見て呟いた私に、基紀さんが「あ！」と声を上げた。

「うち、米があるよ。炊飯器の高速モードを使えばあっという間に炊《た》ける」

では、主食は米ということで……と、会計してスーパーを出た。

どうやらこのスーパーは、基紀さんがよく利用している店のようで、売ってる惣菜はどれも美味《おい》しいらしい。それを聞いて食べるのが楽しみになった。

マンションに到着し、早速炊飯器でお米を炊《た》く準備をする。

「えーっと、確かここにもらい物の米が……」

キッチンにあるカップボードの下の収納棚を開け、基紀さんが米の入った袋を取り出す。

「もらい物のお米？　それ、今年の新米だよね……」

彼が手にしているのは、五キロの米が入った袋。新米というシールが貼ってある。

「あ、そうそう。つい最近もらったから多分そう。顧客でね、農家さんなんだ。弁護のお礼にってくれたんだよ」

――いいな、新米もらえるの……って、相応の仕事をしたんだから、羨《うらや》ましがるのも変か。

早速そのお米を炊飯器にセットして、高速モードでスイッチを入れた。

「炊《た》き上がるまで十五分か……とりあえず、買ってきた惣菜を温めて……」

エコバッグの中をガサゴソ漁っていたら、背後に人の気配を感じた。そして、体に腕が巻きついてくる。

「とーもえ」

「ん？」

基紀さんがまるで猫のように私に頬をすり寄せ、甘えた声を出す。

「してもいい？」

数秒の間《ま》が、私達の間を流れていった。

──夕飯食べるんじゃなかったの……？

「……十五分で？」

疑問に思ったことを素直に口にしたら、ふっ、と彼の吐息が耳に当たる。

「そんなに早くは終わらせられないです。大丈夫、炊《た》けたご飯は勝手に保温になるから」

「それは、知ってるよ……」

体を反転させて彼の方を向くと、額にちゅ、とキスをされる。

「昨夜どん底まで落ち込んだ反動で、今はとにかく朋英を感じたい」

体に回った腕の強さで彼の意志の強さがわかる。これはきっと、何を言ってもだめなヤツだ。

──どん底まで落ち込ませたのは私にも原因があるし……

それに、私も今はこの人とくっついていたい。

『俺、朋英と別れる気とかさらさらないんで！』

あんな風に声を荒らげられたら、もっともっと好きになっちゃうよ。

「わかった。じゃあ……夕飯はあとにしよう」

基紀さんの目を見つめ、彼の手に自分の指を絡ませる。

それに満足した様子の基紀さんがにっこりと微笑み、私をベッドに誘う。

「あの、照明消して？」

基紀さんが先にシャツを脱ぎ、床に脱ぎ捨てたところでそうお願いした。

でもなぜだろう。ものすごく不服そうな顔をされる。

「消すの……？　消したら朋英が隅々まで見えないじゃん」

「見られたくないから言ってるんだけど。は……恥ずかしいから！」

私もトップスを脱ぎ、キャミソールだけになる。

これだけ言えばきっとわかってくれるはず、と思いながらベッドに腰掛けると、そのまま肩を掴まれてベッドに倒された。

「えっ、ちょ……まだ照明が……」

「嫌です。消したくない」

「いや、あの……」

「だって、見たいんだもん」

もん、じゃないから!!　と突っ込もうにも、すでに彼の手がキャミソールの裾《すそ》から入ってきて、ブラジャーの上から私の胸を覆う。

「暗いとさ、色とかはっきりわからないでしょ？　ここの色もさ」

キャミソールを捲《めく》り上げ、素早く背中のホックを外す。すぐさま役目を果たさなくなったブラジャーをずらして、乳房の中心を露出させる。

「綺麗な色だなって思ってたけど、明るいところで見たらすごく綺麗だった。こういう色ってなんていうんだろ、薔薇《ばら》色？」

「そ……そんなに色鮮やかでは……」

胸の尖りに焦点を当て、じっと見られること数秒。だんだんもどかしいというか、こそばゆいというか変な気分になってきて、彼の顔をぐいと手で押しのけた。

「何すんのー」

「だって、すごく見てくるからっ……」

「ずっと見たかったんだから、いいでしょ」

再び胸の先に視線を戻すと、顔を近づけ舌で先端を嬲《なぶ》り始めた。

「んっ」

ビク、と体が跳ねたのを彼は見逃さなかった。

「気持ちいい？　今ビクってなったね」

「だって……急に、するから……」

舌先で先端を嬲《なぶ》りつつ、視線は私を捉《とら》えている。なんだか目のやり場に困り、天井《てんじょう》を向いた。

煌々《こうこう》と室内を照らすシーリングライトを見つめながら、いつまで照明を点《つ》けているのかなとぼんやり考える。まさかずっとこのまま、なんてことは……

「ねえ」

「……ん？」

「照明……け……」

消して、と言おうとしたら、胸元から顔を上げた彼に、キスで口を塞がれてしまう。

「っ!!」

——口を塞ぐなんてずるい。

「……っ、ふ……」

キスをしつつ、胸の尖りを指で愛撫《あいぶ》する。二本の指で挟んでみたり、指の腹を使って転がしてみたり。

そうこうしているうちに、胸の尖りが自己主張するように硬さを増していった。

「硬くなった」

指でつんつんと胸先を弾く基紀さんは、まるでおもちゃに喜ぶ子どものようだ。

「楽しそうだね……」

「楽しいよ、この上なく」

チュッと胸先にキスをして、口に含む。舌を巧みに操りながら舐《な》め転がされると、じわじわと腰の辺りに快感が生まれ、昂《たかぶ》っていく。

「あ……、や……っ」

腰を動かしたり、太股を擦り合わせたりして昂《たかぶ》る快感を逃がそうと試みるけれど、波のようにあとからあとから押し寄せてくる快感は逃がしきれない。

よがる私を、彼は当然理解している。それが証拠に舌の動きが更に激しくなり、もう片方の胸先も指で愛撫《あいぶ》し、私を高めようとしてくる。

「ん、だめっ……それ……！」

「気持ちいい？」

「……っ、きもち、いい、からあ……!!」

この感覚を気持ちいい以外の言葉で表現するのは難しい。

やがて、じわじわとせり上がってきた快感が、一気に頂点まで上《のぼ》り詰めた。

「んっ、あ、あああっ、や、あ、ンっ――!!」

さっきビクっとしたのなんか比べものにならないほど、大きく体が揺れる。私は、胸への愛撫《あいぶ》だけで達してしまった。

「あ、は……」

「胸だけでイケるんだ。すごいな」

感心しながら顔を上げた基紀さんが、少しだけ後ろに体をずらす。

「じゃあ、こっちは？」

彼は胸から顔を離したかと思えば、私のパンツのボタンを外し、ショーツと一緒に足から抜き取った。

なんのためらいもなく足の付け根に手を伸ばし、指で触れてくる。いきなり蜜口の入り口をまさぐられて、腰が跳ねた。

「んっ……！」

「ああ、もうぐちょぐちょ……すご……」

指で溢《あふ》れた蜜を掻き回しながらしみじみ言われてさすがに恥ずかしくなる。しかも煌々《こうこう》と照明が点《つ》いていて、顔色までばっちりわかるのだ。

見られたくなくて、両手で顔を覆った。

「こらこら、なんで顔隠すの」

基紀さんの手が私の手首を掴む。というか、片手は股間にあるのにどうして顔を隠している私の手首を掴むことができるの。腕長すぎでしょ。

「だって明るいから……顔が赤くなってるのバレちゃう」

「そんなの気にしなくたっていいのに。だって、顔よりもっとすごいところ、丸見えだしね？」

——確かにそうなんだけど。でも、顔を見られたくないの……

「…………」

だんだん馬鹿馬鹿しくなってきて、何も言わなかった。

蜜口に指を差し込み前後に動かしながら、いつの間にか指を増やされる。そのたびに聞こえてくる水音が大きくなってきた。

「すごいな……これ、指何本いけんだろ」

多分独り言だと思う。でも、私としてはいつまで指なんだろうという疑問が湧いた。

「ねえ……」

「ん？」

「い……その……挿《い》れないの？」

言った途端、指の動きが、一瞬止まった。

言わなきゃよかったと後悔して、上体を少しだけ起こす。

「あ、いや、その……」

「朋英、俺が欲しい？」

じっとこちらを見ながら、基紀さんが訊《たず》ねてくる。

「欲しいんだよね？」

「……欲しい……です……」

おねだりみたいになってしまったけど、正直に言ったら彼の口元が微かに弧を描く。

「了解。でも、その前に少し」

少し、何？　と彼の行動を見守る。すると、いきなり彼が体を屈《かが》めて、私の恥部に顔を埋《うず》めるや否《いな》や、襞《ひだ》の奥にある敏感な蕾《つぼみ》を強く吸い上げた。

「あっ、やああああっ、だめっ……!!」

ジュルジュルと音を立てて、蜜を一滴も残さないとばかりに強く吸い上げられる。聞いているこっちが恥ずかしくなるくらい、執拗《しつよう》にそこばかりを攻められた。

「いっ……や、あ、ン！　だめ、きちゃう、きちゃうからああ!!」

「いいよ、イって」

あっさり言われる。しかも、敏感なところに彼の吐息が当たり、それすらも今の私には刺激となってしまう。

「そこで喋《しゃべ》っちゃだめえええ!!　……っ、あっ……ンンン!!」

さっき達したばかりなのに、また達してしまった。

腰の辺りがジーンとなって、今は何をされても敏感に反応してしまう。

「すげ、二回目？」

短時間に急激に高められて、涙目だ。

思わず基紀さんを睨《にら》みつけた。

「ひど……っ、い、挿《い》れてって言ったのに……」

「ごめんって。朋英をもっと気持ちよくさせたかったんだよ。でも、気持ちよかっただろ」

確かに気持ちよかったので、そこは否定しない。

私が肩で息をしながら呼吸を整えていると、おもむろに彼が服を脱ぎだした。

スラックスを脱ぎ、ショーツを下げると、屹立《きつりつ》が大きく反《そ》り返っているのが視界に入った。

あまりこういう光景をまじまじと見たことがないけれど、思わず唾液を飲み込んでしまう。

「もう限界。早く朋英の中に挿《い》れさせて」

屹立《きつりつ》を掴み、どこか熱に浮かされたような表情で私を見下ろす。そんな彼の表情から、強く求められていることをありありと実感し、思わず、きて、とせがんだ。

宛がわれるのとほぼ同じくして、私の中に熱い昂《たかぶ》りが沈み込んでいった。

「あ……、ン……!!」

目を閉じ彼が奥まで達するのを待った。熱くて硬い。繋がっていることに安心する。

「基紀さん、好き……」

手を伸ばし彼の首に腕を回そうとする。彼はそれに応《こた》えるように身を屈《かが》め、クスッと笑った。

「嬉しい。でも、俺の方がもっと好きだ」

口を開け、軽く舌を出して彼が私にキスをせがむ。私が同じように彼に舌を差し出すと、舌先だけ触れ合わせるキスをした。でもすぐに彼がガブリと食らいつくように唇を貪《むさぼ》ってきて、合わせるだけで精一杯の私の頭は、すぐに真っ白になる。

頭をしっかり手で固定されているので、逃げ場もない。

「ん……っ、あ……は、はげし……」

「ん。ごめん、苦しかった？」

唇を離し、彼が至近距離から訊《たず》ねてくる。

「そりゃ、塞がれてたら苦しいよ……」

「ごめんね。愛が溢《あふ》れちゃってさ……じゃ、そろそろ動くよ」

私の胸の横に手をつき、彼が大きく腰をグラインドさせて、ゆっくりと奥を穿《うが》つ。

「あ……ンっ！」

ビリビリと甘い痺《しび》れが腰から全身に広がっていく。

やっぱりこの人とするセックスは気持ちがいい。

そう思っていたのは、私だけではないようだ。

「……っ、やばい……朋英の中、いい……最高……」

基紀さんが恍惚《こうこつ》とした表情で天を仰《あお》ぐ。

甘い吐息を吐きながら、彼が腰を動かす。奥を穿《うが》つたびに、基紀さんの呼吸が荒くなり、体が汗ばんできた。

「や……ん、あ、あ……そこ、やば……」

具体的にどこがやばいとか、そういうのはまだよくわからない。でも、とにかく彼が突く場所がことごとくヤバくて気持ちいいのだ。

――だめ、なんかもう……溶けちゃいそう……

基紀さんと絡み合って、二人で一つになって、そのままぐちゃぐちゃに溶けて一つになる。

そんなイメージで、彼の体に強くしがみついた。

気が付けば、基紀さんの体はさっきよりも格段に汗ばんでいた。

「ん、あ、……っ、やべ、もたない、かも……」

何度も奥を穿《うが》たれているうちに、先に音《ね》を上げたのは基紀さんの方だった。

苦しげに眉根を寄せるその表情は普段あまり見ない顔で、新鮮だ。

「も……もたない、の……？」

どう返していいかわからず、同じ言葉を繰り返す。

「……朋英が気持ちよすぎるのが悪い……」

「ご、ごめんね？」

よくわかんないけど謝ってみたら、上体を寝かせた基紀さんにキツく抱き締められた。

「嘘。悪くない。最高です」

ふー、とため息を一度ついて、基紀さんが私から屹立《きつりつ》を引き抜いた。

急な喪失感に、あれ、と思う。

「……？　終わり……？」

「違う。ちょっと体勢を変えさせて……朋英、うつ伏せになれる」

促《うなが》されるままベッドにうつ伏せになった。

「これでいい……？」

「ん」

後ろからするのは初めてだった。後ろからだと何か違うのかな？　と、特に深く考えないでいた。でも、いざ後ろから挿入されると、正常位の時とは全然違うと気付く。

——え、何これ……

そもそも屹立《きつりつ》が当たる場所がまず違う。当たる場所が違うということは、擦られた時の感じ方も違うということ。

しかも、普段当たらないような奥を攻められていると、初体験じゃないのに初体験のような気持ちになってしまう。

つまり、とんでもなく気持ちいいのだ。

「あっ……や、これえ……っ!!　おく、あたる……！」

パン、パン、と腰を打ち付ける音が聞こえてくる。当たり前だけど、後背の基紀さんの顔はわからない。

彼は今、どんな顔をしているのだろう。

「や、あ、も……基紀、さんっ……」

「うん？　大丈夫？　キツい？」

腰を打ち付ける速度は落とさずに、私の様子を窺ってくる。

「き……キツくは、ないけど。……基紀さんの、顔が見たいの……」

そう言った途端、彼が動きを止めた。

「……っ、どうして、朋英はそうやって俺の喜ぶことばっかり言うんだ」

「え？　よ、喜ぶことなの……？」

「当たり前だろ」

彼が再び自身を引き抜き、私の肩を掴んでそのまま体を反転させた。

「最中に顔が見たいなんて言われて、嬉しくない男はいないから」

「そう、なんだ……」

少しだけ自分に私の腰を引き寄せて、彼は膝に手をかけ足を広げる。すぐに彼が押し入ってきて、グッと奥を突かれた。

「んっ……」

「さすがにもう限界なので……ちょっと、揺する。ごめん」

私の脇の下から腕を通し、羽交《はが》い締めにすると、彼の腰の動きが一気に激しくなった。

「あっ！」

ガツガツと奥を突かれて、その衝撃で体が前後に大きく揺さぶられる。息つく暇も与えられない抽送《ちゅうそう》に、頭が真っ白になっていった。

——あ……だめ、何もかんがえられな……

目を瞑《つぶ》って、自分の中にいる彼に意識を集中させる。それから間もなく、強く奥を突いた彼が小さく呻《うめ》いた。

「あ……とも、えっ……!!」

「あ、……いく、いくいくいく…………あああっ……!!」

一際強い突き上げに背中を反《そ》らすと、抱き締める腕にいっそう力が籠《こ》もった。その瞬間、体を揺らしながら彼が絶頂に至った。同時に私も頂点に達し、どっと脱力した。

「はあっ……あ……ともえ……」

視界がぼんやりする中、私の上で果てた基紀さんに顔を向ける。汗ばんだ彼の背中を擦っていると、だんだん愛おしさが込み上げてくる。

「好き……」

好きだという気持ちを伝えずにはいられなくて、彼の目を見つめた。そんな私に、彼は熱すぎて溶けてしまいそうなほどの視線を送ってくる。

「朋英」

まだ息が荒い基紀さんが、私の頬に口づける。

「なんか……すごく気持ちよくて意識が飛びそうになった……」

基紀さんの胸に顔をぐりぐりする。そんな私の頭を、彼が愛おしそうに撫でてくれた。

「……ほんと？　すごいな、もしかして俺達、体の相性最高にいいのかも」

「だったら嬉しいな」

正直に思ったことを言っただけなのに、基紀さんがいきなり私の体を強く抱き締めてきた。

「朋英……‼　…………結婚して」

「……へっ？」

咄嗟《とっさ》に言われた内容が内容だけに、反応が一瞬遅れた。

「俺には朋英しかいない……朋英しか愛せない……だから、結婚してくれ」

「え、えええぇ？　で、でもまだ付き合い始めたばっかり……」

「時間なんか関係ない。なんなら今すぐ結婚したい」

抱き締めている腕の力が更に強くなった。かなり苦しい。

「いやあの……ま、待って……」

「だめ……？　やっぱりまだ早いって思ってる……？」

「お、思ってる……ていうか、苦しいから、手緩めて……」

お願いしたらようやく解放された。

「本気なんだ。いつも君のことばかり考えてるし、会えたら離れたくないって思う。会えない時に他の男に会ってたらって考えると、気になって仕事も手につかないんだ。これ、どう考えても重症だろ？」

「う……うん、重症だね……」

まさかそこまで私のことを愛してくれてるとは思わなかった。

確かに重症だし、このままエスカレートしたらちょっと危ないレベルで愛が重い。

だけど、そんなに想ってくれているとわかって、正直嬉しかった。

――人から必要とされるって、すごく嬉しいことなんだなあ……

もちろん仕事に支障が出るほど執着しすぎるのはよくないので、きちんと話し合って、折り合いをつけていけばいいのだ。

「……ありがとう。私のことをそこまで好きになってくれて。基紀さんと出会ってから、健康も仕事も、いいことばっかりだよ。私にとって基紀さんは、運命を変えるラッキーアイテムなのかなって思ってたんだ」

「え……」

基紀さんが真顔になる。

「私も、あなたと結婚したい。ずっと一緒にいたいって思ってる」

「朋英」

「でも、さすがにまだ結婚は早いかな？　付き合い出したばっかりだし……」

彼がどういう反応をするのか気になったが、意外とすんなり納得してくれたのか、何度もうんうんと頷いている。

「そうだよな……。わかった、まだ結婚はしなくていいよ。……でも、ラッキーアイテムだなんて……俺、嬉しくて……今イッたばかりなのにまたしたくなってきた……」

呟きの最後の内容にえっ、と驚く。

——今したばっかなのに!!　もう!?

「あ、あの、またあとにしない……今はとりあえず、ご飯……食べよ?」

私に釣られるように、ご飯が炊《た》けているはずの炊飯器の方をちらりと見た基紀さんが、仕方がないといった様子でクスッと笑う。

「ま、それもそうか。腹ごしらえをしたあとで、存分に愛し合おうか」

上体を起こし、ベッドの下に落ちた服を拾おうと身を屈《かが》めたが、私よりも先にベッドを下りた基紀さんが先に拾って、「はい」と渡してくれる。

「ありがと」

「いえいえ。そもそも俺が我慢できなくて食事の前にがっついちゃったからさ。待てない男でごめんな?」

Tシャツを身につけながら笑う基紀さんを見て、自然と私の顔も笑う。

「そんなこと……待てなかったのは私も同じなんだから、私も待てない女だね。一緒だよ」

自分でも何を言ってるんだろうと思う。

でも、基紀さんと一緒にいると、不思議とだんだん思考がポジティブになってくるような気がする。

一緒にいる人によって、考え方も変わってくるんだな。

感動しながら着替えを終えた私は、キッチンに移動して夕飯の支度を始めた。

六

基紀さんとの甘い一夜を過ごした翌日、会社に行くのがかなり気が重くて仕方なかった。

早朝、車で私のアパートまで送ってくれた彼は、項垂《うなだ》れる私の背中を押してくれる。

「大丈夫だって!! もし酒井さんに何か言われたとしても、朋英と同じ考えの人が側にいるって思えば、案外我慢できちゃうかもよ？」

「我慢……できるかなー。相手の出方によって昨日よりもっと強く言い返しちゃいそうで、向こうを逆ギレさせたらどうしよう……」

「なんだ、気になってるのはそっちかよ」

ははっ、と基紀さんが軽やかに笑う。そして、私の肩に手をのせた。

「大丈夫。朋英なら心配ない。それに、もしあの会社にはもういたくないって思ったら、俺の部屋に来ればいいよ。一緒に住んで、ゆっくり次の仕事を探せばいい」

なんてありがたい申し出だろう。

もし今、体調が悪くて一日の仕事をやっとのことで終えるような生活を続けていたら、基紀さんの言葉に縋《すが》って仕事を辞めていたかもしれない。

だけど、今の私は違う。今の仕事を頑張りたいと思っている。それは、基紀さんと出会ったからこその変化だ。

彼の言葉を噛み締めながら、彼の手に自分の手を重ねた。

「ありがとう。でも、もうちょっと頑張りたいんだ。もし、また酒井さんと何かあったら、その時はまた愚痴を聞いてくれる？」

「もちろん。俺、そういうの結構得意なんだよね」

「弁護士さんだもんね」

確かに、と思ったら笑えてきた。

じゃあ、と手を振ってアパートに戻った。深夜まで彼と抱き合っていたせいもあって少し寝不足だけど、不思議と気力は満ちている。

——よし。私はもう大丈夫。酒井さんに何を言われても、もう黙って受け入れたりなんかしないから！

そう気合を入れて出勤したら、職場では思いがけない事態が起きていた。

フロア内を見回した時、なぜか酒井さんのデスク周りがやけに片付いているのだ。

「……あれ？」

おかしい。何か変だ……と酒井さんのデスクを凝視していたら、おはよう、と住野さんが近づいてきた。

「あ、おはようございます……あの、酒井さんのデスク周り、なんであんなに片付いてるんでしょうね？」

ぶっちゃけいつも書類と私物でごちゃごちゃなのに、というのは敢えて言わずに呑み込んだ。

「それがさ、急だけど酒井さん辞めたみたいなの」

「……え？　辞めた？　会社をですか⁉」

辞めたと聞いても、本当かどうかすぐには信じることができなかった。というのも、彼女はこれまで何かにつけて、『この会社働きやすいし、時間とか融通《ゆうずう》が利くじゃない。辞める選択はないわね』と言っているのを何度も耳にしているからだ。

それに、部長に何か言われた程度で彼女がこの会社を辞めるとは考えられない。

私のこの考えは、住野さんも同じようだった。

「わかる。私も最初に聞いた時は嘘だと思った。でも本当なのよ。それに酒井さん、誰にも会いたくないからって昨日の業務終了後、わざわざ部長に鍵を開けてもらって荷物を取りに来たらしいのよね」

「そこまでして会いたくないって……こっちの台詞《せりふ》じゃないですか？」

「それもわかる」

住野さんが口元に手を当て、笑いを堪《こら》えている。

この人もこんな顔するんだ。

「それはさておき。どうもね、最終的に酒井さんの勤務態度を注意したの、部長じゃなくて石崎《いしざき》常務なんだって」

「常務がですか」

予想外の人の名前が出てきて、思わずポカンとしてしまう。

石崎常務は、まだ四十代の若い常務だ。とにかく仕事ができると評判の人で、その実績だけで創業家を押しのけて常務になった人だと評判なのである。

「……そうなんですか？　それって誰が教えてくれたんですか」

「石崎常務本人よ。さっきここに来たの。その時に、酒井さんは有休を消化次第月末で退職するって伝えてくれたのよ。退職願はもう部長が預かってるって」

——石崎常務が酒井さんに……？　だとしたら酒井さんが辞めてもおかしくないかも。でも、なんでこれまで酒井さんに関わることがなかった石崎常務が突然出てくるの？

私が腑《ふ》に落ちない顔をしていたからだろうか。

そこのところを住野さんが教えてくれた。

「鷹羽さんはセールス時代の石崎常務を知らないからだと思うけど、今回の発端《ほったん》になった例の板金工場って、もとは石崎常務が担当していたのよ」

「……え！　そうだったんですか!?」

「そう。なんでも先代の社長とも仲がよかったみたいで、しょっちゅう飲みに行ってたみたいだし。

それに代替わりした今の社長は常務の出身高校の後輩らしいの。それもあって、すごく可愛がってるみたいなのよ。その現社長は、酒井さんの無責任な言動にいい加減我慢も限界だったんじゃない？　一向に担当変更もされない現状に、常務に直接物申したらしいわよ」

「そ、そうなんですか……!!」

まさかご縁が巡《めぐ》り巡《めぐ》ってこんなところに繋がってくるとは。びっくりである。

「多分、酒井さんへのクレームは部長のところで止まってたと思うのよね。それで、話を聞いた常務がまず酒井さんを注意して、そのあと部長にも注意したって言ってたわ。だからほら、今日の部長ちょっと小さくなってるでしょ」

小声で教えられて、奥のデスクにいる部長に視線を送る。確かに、なんだか今日は表情が優れないし、俯《うつむ》きがちだ。

「じゃあ……酒井さんは本当にそれだけで辞めちゃったんですか」

「酒井さんと親しくしてた子に連絡があったらしいんだけど、彼女、まずは異動を提案されたんだって。納整に」

「え……納整ですか」

納整とは、納整工場のことだ。納整工場とはメーカーで製造された車を一旦運び入れ、購入者へ納車する前の整備をする工場である。

しかし、うちの会社の納整工場は、本社のある場所から車で三十分はかかるところにある。家が本社に近い酒井さんからすると、なかなか厳しい提案だったのかもしれない。

「プライドとか、通勤の問題とかいろいろ思うところがあったんじゃないかって思うでしょ？　違うの、本当にただの勢いで、だったら辞めますって言っちゃったみたいなのよ」

「ああ……」

「それに、周りは皆、彼女の所業を知ってるから、もし辞めなかったとしても、これまでみたいな振る舞いは許されないじゃない。そう考えたら、彼女にとってもよかったんじゃない。心を入れ替えて、新天地で一から頑張るしかないんだし」

——酒井さんが心を入れ替える……？　いやそれ、難しいのでは……

「……どうですかね……また転職先で同じことやらかしそうな気がします……」

「それもそうね。そう簡単に直るわけがないか、あれは」

クスクス笑っていたらもうじき始業時間だ。席に着き、まず部長から酒井さんが辞めたと、フロアにいる社員全員に説明があった。

フロア内が少々ざわつきはしたけど、多分皆思っていることは一緒だったのだろう。寂しいね、などと言う人は誰一人としていなかった。

十五年以上勤務して、いきなり辞めてもこんな反応をされるなんて、日頃の態度って大切だなと胸に刻み込むのだった。

酒井さんが辞めたあと、私の勤務するフロアには平穏がやってきた。

平穏どころか、私にとってほぼ天国といっていいほど穏やかで、殺伐としたところのない理想の職場となった。

——うちの会社って、こんなに居心地がよかったんだなあ……

たった一人いないだけでこんなに違うものかと驚きつつ、平穏な日々を噛み締めながら仕事をしていた、ある日のこと。

本社で販促キャンペーン前の決起集会が行われることになり、全支店のセールスが四階にある大ホールに集まった。

私はそこで、サポート要員としてお茶を配ったり、マイクなど音響をセットしたりしていた。無事に決起集会が終わって片付けをしていると、私のもとに道茂君がやってきた。

「よー、お疲れさん」

彼は相変わらず今日も爽《さわ》やかである。彼の周りだけ爽《さわ》やかな風が吹いているようだ。

「お疲れ様」

「それより、聞いたよ。酒井さん辞めたんだって。支店の皆も驚いてたわ」

私がパイプ椅子を片付けていたら、道茂君も一緒に椅子を運んで元の位置に戻してくれた。さりげなくこういうことができるのが彼なのだ。本当にいい人である。

「私もまさか、こんなことになるとは思わなかったんだけど……」

「でも、噂では常務を怒らせたって聞いたぞ。あの常務を怒らせたら会社に居づらいだろ。酒井さんにとってもよかったんじゃないか、と俺は思うけどね」

――道茂君も住野さんと似たようなことを言うんだな……

「それで、鷹羽は今どうなの？　酒井さんいなくなって、前よりも仕事がやりやすくなったんじゃない？」

「そうなの!!　仕事が捗《はかど》って困るくらいよ。居心地もいいし、毎日心が晴れやかだよ」

「へえ～。……でも、わかるわ。鷹羽、前と全然表情が違うし、明るくなったよな」

パイプ椅子の片付けを終えて、二階にある自分の部署に戻ろうと階段に向かう。道茂君は決起集会が終わったので、このまま支店に戻るのだろう。

「え？　そう？」

「全然違う！　前なんか顔色もあんまりよくなかったし、大丈夫かなっていつも気にしてたんだぜ。だから、よかったよ。でも、よくなった理由って、酒井さんのことだけじゃないよな」

なんだか含みのある言い方をされて、隣にいる道茂君を見上げる。

「何……？」

「この前ランチの帰りに会った人、鷹羽の彼氏だろ？」

「……もしかして、バレバレだった？」

苦笑しながら聞き返すと、道茂君がクスッと笑う。

「最初はわかんなくて、あとで思い返せば……ってヤツ。あの人、一瞬だけど俺を見る目がおっかなかったというか……。なんであんな目で見てくるんだ？　って考えたら自然と、鷹羽のことが好きで俺を牽制《けんせい》したかったのかなあと」

「……ごめんね……今度会ったら言っておくわ」

いたたまれず頭を下げる私を、道茂君が笑い飛ばす。

「いや、全然気にしてないから大丈夫。俺が思うに、あの人と付き合い出してからじゃないか、鷹羽が変わったのは」

「そう、かな……」

自分のことはよくわからない。でも、基紀さんと出会ってから本当にいろいろなことがあって、気持ちや生活に変化があったのは確かだ。

「変われてるなら、嬉しいな。なんだか最近、すごく毎日が充実してるなって思うの」

「いいんじゃない？　そういや、あの彼氏とはどこで知り合ったの？　弁護士だろ？　なかなか知り合う機会なさそうだけど、合コンか？」

「ん？　違うんだよー。駅で具合が悪くなったところを介抱してもらったのがきっかけなの……」

あの時のことを思い出すと、なかなかに恥ずかしい。

今の話を聞いた道茂君が、何を思ったのか、信じられないという顔で私を見る。

「マジで!?　めちゃくちゃできた人じゃんか……いい人なんだな、鷹羽の彼氏」

「そうだね。ほんと、私には勿体《もったい》ない人だよ」

そうなのだ、私の彼氏はいい人なのだ。そして、私にとって極上の彼氏なのである。


週末金曜日の夜。

お互い明日は休みのため、仕事終わりに彼が私の部屋に来ることになっている。

基紀さんが忙しいのはいつものことだが、私も酒井さんが辞めた影響で、一時的に忙しくしているのもあって、今週は金曜まで会わずに頑張ろうと決めていた。

基紀さんの仕事が何時に終わるか読めないので、先に自宅アパートに戻った私が、夕飯の支度をして彼の帰りを待つことになった。夕飯の献立は、昨日から煮込んでおいたおでんだ。

大根、ちくわ、玉子。白滝、はんぺん、牛すじ。牛すじに至ってはショウガや青ネギと一緒に鍋で煮込み、何度も煮こぼしして臭みを取り除いてから具材と一緒に煮込んだ自慢の一品。ほろほろの柔らかさになっている。

「うっま」

味見をするたびに自画自賛してしまう。シメにこの煮汁をご飯にかけたたら、それだけで一杯いけてしまう。いい加減味見は我慢しておかないと、基紀さんが帰ってくる前に満腹になりそうだ。

――それはまずい。一緒に食べないと基紀さんがへそを曲げてしまう……

問題なくおでんの仕込みが終わったので、彼が来るまでテレビを観たり、スマホで漫画を読んだりしながらのんびり過ごす。気が付けば時刻は、夜の八時になろうとしていた。

「……まだ仕事終わらないのかな？」

少々気になりだした時、スマホにメッセージの着信があった。

【今、お土産《みやげ》買った。これから向かうよ】

「……お土産《みやげ》？　買い物してたのかな。気なんか遣わなくていいのに」

それよりも早く来てくれた方が嬉しいんだけどなー、なんて思ってから三十分が経過。次に送られてきたメッセージには、【近くまで来た。これから部屋に向かいます】とある。

部屋の外で待ってようかな、と玄関の辺りをうろうろしていたら、ピンポーンというチャイムが鳴った。

念のために、覗き窓から外を確認したら、間違いなく基紀さんだった。ホッとして解錠し、ドアを開けた。

「いらっしゃい」

すぐに視界に飛び込んできたのは、基紀さんの笑顔。その手には紙袋がある。

「こんばんは。遅くなってごめん、これお土産《みやげ》」

「そんなのいいのに……って、これは……！」

私の目の前に掲げられた紙袋は、この辺りじゃ知らない人はいないというほどの、美味《おい》しくて有名な洋菓子店のもの。

「ええ、これ!!　あの、なんでも美味《おい》しいって有名なパティスリーの!!」

「そう。閉店間際に飛び込んで、残ってた生菓子全種類買ってきた。あと、焼き菓子も。焼き菓子はある程度日持ちするらしいから、たくさんあっても困らないかなって」

「わあ、ありがとう……!!　ふふっ、全部食べたら太りそう」

「朋英はもっと太ったっていいくらいだよ」

「太ったら今持ってる洋服入らなくなるから、やだ……」

紙袋を受け取り、中を見る。ずっしりと手に重いし、生菓子が入っている箱も大きい。

「おでん、大量に仕込んじゃったけど。食後にケーキ食べられるかな」

ブリーフケースをリビングの隅に置き、ジャケットを脱いでネクタイを緩めた基紀さんが、笑顔で私に振り返る。

「やった、おでん!!　家おでんなんていつぶりだろう」

思いのほかおでんを喜んでもらえたらしい。よかった。

リビングのテーブルの上におでんの入った大きな鍋を置き、ついでに五百ミリの缶ビールを一人一本ずつつけた。

この前バーで飲んだカクテルも美味《おい》しかったけど、おでんにはやっぱりビールでしょう。

「じゃ、今日も一日お疲れ様でした」

「でした」

ほぼ略して缶ビールを掲げた基紀さんにクスッとして、楽しいおでんの会が始まった。

まずは一通りの具を食べて、早速彼がおかわりしたのは牛すじだった。

「この牛すじやべぇ。めちゃくちゃ美味《おい》しい。柔らかくて味が染みてて最高！　そしてビールに合う」

牛すじを食べ、ビールをごくごく飲み、ご満悦な様子の基紀さんに、こっちまで嬉しくなる。

ここで、ふと昼間の出来事を思い出した。

一応彼にも報告しておくか。

「あのねえ、今日の昼間、道茂君に会ったの」

道茂君、という名を聞いた途端、基紀さんの眉間に皺《しわ》が寄る。これ、まだだめなヤツかな。

でも数少ない同期の友人の名前を出すのがＮＧなんて、この先困る。ある程度の懐《ふところ》の深さは見せてもらわないと。

「……道茂って、この前俺が会った人だよね」

「そうそう。今日、セールスが本社に集まったんで、その時に会って話したの」

「……なんで会って話すの。俺という男がありながら……」

ぶすっとする基紀さんに少々呆れる。

ていうか、この人こんなんで本当に弁護の仕事できてるのかな？

「ふてくされないように。でね、その時、彼、基紀さんのこと褒《ほ》めてたよ。いい人だなって」

それまでぶすったれていた基紀さんが、ピクリと反応する。

「え。褒《ほ》めてた？　俺のことを？」

「そー。馴《な》れ初《そ》めを聞かれて話したんだけど、めちゃくちゃできた人じゃん、って」

すると基紀さんが、わかりやすく表情を緩めた。

「えー、そうなんだ。なんか……その道茂って人、もしかしていい奴？」

「もしかしなくてもいい奴だよ、道茂君は」

これでもう、道茂君と話したり、名前を出しても嫉妬しないでくれるかな？

ホッと、安堵しかけたところで、彼がイヤイヤと頭を振る。

「……いや、でもやっぱりだめだ。朋英に近づく男に気を許すわけにはいかかな……」

「あ、道茂君彼女いるよ？　しかも婚約してて、年内に結婚するらしい」

「え。彼女いるの？」

「うん。なんとなくいるんじゃないかなーって気はしてたけど、今日聞いたらいるよって。安心した？」

私が反応を窺っていると、突然「いや!!」と力強く否定した。

「男はわかんないから!!　俺、表向きは好青年でも裏でドロドロの不倫を繰り返す奴とか見てるから!!　男をそう簡単に信じてはいけない!!」

「あ——そうね、そういう人も世の中にはいるね……」

基紀さんの反応を見てるのは楽しいけれど、ちょっと面倒くさい男だな、と思ってしまった。

でもそういうところも含めて好きなんだけどね。


おでんは三分の一くらい食べて、残りは明日へ持ち越し。明日食べる前に玉子だけ追加して煮ればOKだ。

主食を食べ終えたら今度はデザート。基紀さんが買ってきてくれたケーキをお互い一つずつ選び、お皿に載せる。

「朋英、一つでいいの？　足りなくない？」

「いや、そんなことないから……」

おでんをたくさん食べてなければ二つなんかペロリだったのに。配分を間違えたようだ。

私はモンブラン、彼はタルトシトロン。和栗を使用したモンブランとレモンを使用したタルトはどちらもビジュアルからしてそそられる。もちろん、美味《おい》しさはお墨付きだ。

「うわ……!!　美味《おい》しい……!!　最初に栗をケーキにすること考えた人、天才……!!」

「それを言ったらレモンをタルトに使った人もすごくない？」

「これ、話し出すときりがないね……」

くだらないことばかり話しているうちに、ケーキをぺろりと平らげた。本当にあっという間で、これなら二個いけたかもしれない。

「ま、いいか。残りはまた明日のお楽しみってことで」

お皿を片付けてキッチンで洗い物をしていると、いつの間にか基紀さんが背後に立っていた。

「あのさ、明日の予定なんだけど」

「ん？　そういえば何かあるって言ってたよね。どこに行くの？」

元々は土曜日、一緒に行ってほしいところがあるとお願いされたのが、今日会うきっかけになった。どこに行くのか、その詳細は会って話すと言われている。

「目的地の資料を今日、いくつか持参しました」

「……目的地の資料を持参？　どういうこと……」

彼の言ってることがわからず、頭の中にクエスチョンマークを浮かべたまま、洗い物を終えた。

「それで、何を持参したって……？」

振り返って彼を見ると、冊子のようなものを何冊か差し出された。

「こちらです、どうぞ」

「どうぞって、一体な……」

なんなの？　と言おうとして、口を噤《つぐ》んだ。

差し出された冊子の表紙には、どれも「ｗｅｄｄｉｎｇ」とある。

これ、どこからどう見ても結婚式場のパンフレットではないか。しかも五冊もある。

「これ、どうしたの？」

「まだあるよ」

彼がブリーフケースの中から、更に数冊のパンフレットを取り出した。

「まさか一人で全部回ってきたの⁉」

「まさか。先輩の弁護士で、少し前に結婚した人がいてさ。その人が実際に見てよかった場所を教えてくれたり、その時に資料請求した式場のパンフレットを纏《まと》めてくれたんだ」

「へえ〜、こんなにたくさん……」

何気なく渡されたパンフレットをパラパラと捲《めく》ってみる。

今のところすぐに結婚する気はなかったけど、こういうのを見ていると結婚式をするのもいいなあと思えてくる。

——でもちょっと待って。結婚はまだ先ってことで納得したんじゃなかったの？

それに大体こういうのって、まあまあ付き合ってからする話じゃないの？

モヤモヤしながらチラリと基紀さんを見る。

真面目な顔でパンフレットを眺めているところを見ると、この前のことを覚えていないようにも見えてくる。それとも敢えて忘れたふりをしているのか。

「これだけあれば、朋英の好みに合う場所が一つくらいは見つかるんじゃないかなって。もちろん、絶対この中から決めないといけないわけじゃないよ？　他に朋英がどうしてもここがいい、という場所があれば俺はどこだっていいよ」

「……いやあの、基紀さん、ちょっと待って」

ぐいぐい前のめりでくる基紀さんを、両手で押さえて距離を取る。

「何？」

「こういうことを考えてくれるのはとても嬉しいんだけど。結婚式はまだ、早すぎるから。もうちょっと付き合ってからでもいい？　この前もそう話したよね？　基紀さん、わかってくれたじゃない。忘れちゃったの？」

笑顔で、やんわりと確認する。

これでわかってもらえたらいいなーという希望を持ちつつ、彼の言葉を待った。

「うん、忘れてないよ。わかってるけど、でもふっと疑問に思ったんだ。待つのはいいけど、具体的にいつまでかなって」

「え？」

「三ヶ月くらい？　それとも半年？　……まさか、年単位!?」

年単位のところは悲鳴に近かった。

「ええっと、ね、年単位だとしても……そんなに長くは、ない……と思う!!　多分!!」

「えええ、本当に年単位なの!?　キッつ……!!　俺、そんなに我慢できない……!!」

基紀さんが頭を抱えてうずくまってしまった。

——そんなに!?　そんなにすぐ私と結婚したいのか!!

しばし唖然としながら基紀さんを見つめていたが、そんな彼の姿になんだか申し訳なくなってくる。

「そ……それじゃあ、もう少し早めようか？」

「うん、そうして」

すぐにキリッとする基紀さんに噴き出してしまう。

「じゃあ……十ヶ月くらい？」

私が出した折衷案《せっちゅうあん》に、彼が眉根を寄せる。

「……せめて半年？」

「は、半年は〜〜早い……今からじゃ、あっという間だよ、半年なんて」

「そうかなー。うーん、じゃ八ヶ月。これ以上は無理」

きっぱり言われて、なんかもうしょうがないという心境になってくる。

——まあ、いいか……私も基紀さんが好きだし、一緒にいたいという気持ちは同じだから。

本当は、このアパートに愛着があるからすぐに引っ越したくない、というのが結婚を渋る気持ちの大半を占めているのだが、もしそれを知られてしまうと、なんだかんだと覆《くつがえ》されるのが目に見えてるので言わないでおく。

「わかった。八ヶ月で手を打ちましょう」

「やった。じゃあ、八ヶ月後で予定組みまーす!!」

嬉しそうに手帳を広げて予定を書き込んでいる基紀さんを見ていると、自然と頬が緩む。

あの時、駅で具合が悪くならなかったらきっと彼は私に声をかけていなかったはず。そして今、こんな風に親しくなって結婚を約束することもなかったはずだ。

今となっては、何もかもがなるべくしてなったとしか思えない。

だからきっと、この先も上手く回っていく。彼といるとそんな気がしてならない。

——こんなにも私のことを愛してくれる人に巡《めぐ》り会えて、よかったなあ……

「ねえ、結婚するのは八ヶ月後だとして、それより前に同棲するのはアリなんだよね？」

あっけらかんと訊《たず》ねてくる基紀さんに、笑えてくる。

「んー……、まあ……ありかな……」

「了解！　じゃ、その方向で進めます」

彼が私に与えてくれる愛はどれだけ大きいのか。底なし沼なのかっ、と突っ込みを入れつつも、この人の愛なら受け入れてしまう。

そんな私も、どれだけ彼が好きなんだろうと、密かに苦笑するのだった。

完璧社長の秘密を知った
お人好し女子の愛され生活!?
毎月第2火曜日更新
イケメン社長を拾ったら、熱烈求愛されてます
Ikemensyacho wo Hirottara Netsuretsu Kyuuai Saretemasu
漫画 Carawey
原作 加地アヤメ
す
君を私のものにするよ
だったら少しは期待してもいいのかな
!
ドキ
秘密です
ETERNITY WEBMANGA
エタニティWEB漫画!
他にも人気漫画が多数連載中!!
無料で読み放題!
今すぐアクセス!

この作品に対する皆様のご意見・ご感想をお待ちしております。

おハガキ・お手紙は以下の宛先にお送りください。

【宛先】

〒150-6019 東京都渋谷区恵比寿 4-20-3 恵比寿ｶﾞｰﾃﾞﾝﾌﾟﾚｲｽﾀﾜｰ 19F
（株）アルファポリス　書籍感想係

メールフォームでのご意見・ご感想は右のＱＲコードから、
あるいは以下のワードで検索をかけてください。

アルファポリス　書籍の感想　検索

ご感想はこちらから

執着《しゅうちゃく》弁護士《べんごし》の制御《せいぎょ》不能《ふのう》な極甘溺愛《ごくあまできあい》

加地アヤメ（かじ あやめ）

2024年 3月 25日初版発行

編集－本山由美・大木 瞳
編集長－倉持真理
発行者－梶本雄介
発行所－株式会社アルファポリス
〒150-6019 東京都渋谷区恵比寿4-20-3 恵比寿ｶﾞｰﾃﾞﾝﾌﾟﾚｲｽﾀﾜｰ19F
TEL 03-6277-1601（営業）　03-6277-1602（編集）
URL https://www.alphapolis.co.jp/
発売元－株式会社星雲社（共同出版社・流通責任出版社）
〒112-0005 東京都文京区水道1-3-30
TEL 03-3868-3275
装丁イラスト－御子柴トミィ
装丁デザイン－AFTERGLOW
（レーベルフォーマットデザイン－ansyyqdesign）
印刷－図書印刷株式会社

価格はカバーに表示されてあります。

落丁乱丁の場合はアルファポリスまでご連絡ください。

送料は小社負担でお取り替えします。


ISBN978-4-434-33588-4 C0093